广安雅韵

李成轩 ◎ 主编

西南交通大学出版社
·成都·

图书在版编目（CIP）数据

广安雅韵 / 李成轩主编. —成都：西南交通大学出版社，2017.11
 ISBN 978-7-5643-5847-1

Ⅰ. ①广… Ⅱ. ①李… Ⅲ. ①诗集–中国–当代 Ⅳ. ①I227

中国版本图书馆 CIP 数据核字（2017）第 261870 号

Guang'an Yayun
广安雅韵

李成轩　主编

责 任 编 辑	梁　红
助 理 编 辑	居碧娟
封 面 设 计	原谋书装
	西南交通大学出版社
出 版 发 行	（四川省成都市二环路北一段 111 号西南交通大学创新大厦 21 楼）
发行部电话	028-87600564　028-87600533
邮 政 编 码	610031
网　　　　址	http://www.xnjdcbs.com
印　　　　刷	四川煤田地质制图印刷厂
成 品 尺 寸	146 mm×208 mm
印　　　　张	7.5
字　　　　数	202 千
版　　　　次	2017 年 11 月第 1 版
印　　　　次	2017 年 11 月第 1 次
书　　　　号	ISBN 978-7-5643-5847-1
定　　　　价	28.00 元

图书如有印装质量问题　本社负责退换
版权所有　盗版必究　举报电话：028-87600562

《广安雅韵》编委会

主　　任：李成轩

副 主 任：熊廷荣　李晓林　李逢中

编　　委：李成轩　熊廷荣　高愫锟　李晓林　李逢中
　　　　　金玉辉　戴邦元　游义香　杜梦林

主　　编：李成轩

执行主编：李晓林

编　　辑：高愫锟　金玉辉　游义香

《广安雅韵》编辑说明

　　广安市诗词学会于1997年经民政部门批准正式成立,迄今已是二十春秋。为记录二十年来学会同心协力、砥砺前行的奋斗历程,展现学会取得的辉煌成就,诗词学会特编辑出版了这本《广安雅韵》。

　　广安市诗词学会秉持"二为方向",以诗词创作和研究、弘扬中华诗词优秀传统文化为宗旨,成立至今,已编辑出版七十多期(部)《广安诗词》选集、专辑,举办了数场诗词讲座,开展了诗词进校园、进企业、进基层等文化活动,同时还与市内外、海内外诗词爱好者进行过多次诗词交流,向有关刊物推荐成百上千件会员优秀作品,可谓成绩斐然。

　　学会成立二十周年之际,拟出版《广安雅韵》专辑,旨在弘扬中华文化,歌颂党、祖国、人民以及锦绣河山,展现改革开放的伟大成就,传递正能量,且以诗歌的形式记录学会历史,讴歌时代风采,赞誉英雄楷模,陶冶心灵情操。

　　《广安雅韵》分为"卷首开篇""律风雅韵""琴瑟词曲""新声诗歌"四个篇章,共收录诗词名家、学会会员以及诗词爱好者作品300多件。该专辑的出版将鼓励广大会员和诗友为实现伟大的中国梦呐喊助力,为传承中华诗词、弘扬中华文化作出新的贡献。

　　展望未来,任重道远。衷心希望学会及《广安诗词》以青春正茂的英姿,迈入新的二十年,更展风采,再创辉煌!

　　谨以《广安雅韵》向建国六十八周年和党的十九大献礼!

编委会

二〇一七年九月

如诗如画金广安
（代序）
——写在广安建市二十周年

　　二十年，七千三百天，一座新城崛起在川东大地。那就是天下广安！

　　广安，物华天宝，人杰地灵，这里是小平故里，百姓幸福的乐园。

　　回首往事，沧海桑田，曾几何时，交通闭塞，工业鲜见，农村不富，城乡贫寒。

　　一九九三年七月一日，历史永远记住这一天，党中央英明决策，国务院批准设立新广安。

　　怎能忘记，岳池、武胜、邻水、华蓥、广安，五县（市）同舟共济，南充儿女奔新区，五湖四海竞争先；

　　怎能忘记，为新区建设掀起第一锹土，为新区崛起铺下第一块砖；

　　怎能忘记，几十个人同住一居室，几十个食堂分散就餐，白天餐风，夜晚宿露，一群创业者，不舍昼夜地干；

　　怎能忘记，盛夏沐浴在走廊，寒冬只能闭窗取暖，没有电视电影，没有歌厅茶馆，日出而作，日落而息，领导、群众毫无怨言；

　　怎能忘记，第一批领导者呕心沥血绘蓝图，第一批建设者不惧艰辛勇往直前；

　　怎能忘记，伟人驾鹤举国悲，百年诞辰万众欢；

　　怎能忘记，"5·12"广安儿女献大爱，奥运火炬广安传；

　　怎能忘记，我为小平故里植棵树，致富思源共建广安。

二十年，七千三百天，旧貌换新颜，高速公路穿南北，广安港驶出万吨船。铁路通达火车鸣，公路修到农家院；工业欣欣向荣，农业地覆天翻。

　　四百八十万人民，奔跑在小康路上，城乡巨变，条条长街绿茵染，座座高楼耸云端；思源广场矗宝鼎，小平故里人流欢。

　　一条美丽的西溪河，水清鱼跃花香柳艳。那奔腾的骏马，彰显了广安旅游大发展！

　　二十年，文化自信旗猎猎，主席讲话为指南。弘扬国粹继传承，百花齐放春满园。

　　文学创作诗歌韵坛，群贤毕至豪情舒展。挥如椽之笔，展盛世歌喉，写不尽的神奇，描不完的秀丽山川。

　　众志成城，铸就了广安精神，逢山开路，遇水架桥，披荆斩棘，勇往直前！

　　二十年改革，二十年发展，二十年天地撼。新的二十年，广安又扬帆，实现中国梦，广安谱新篇！

李成轩

二〇一七年九月

目录

第一篇章 卷首开篇

尹 贤 002	邓欲治 007
水调歌头·小平二次复出 002	春江独钓 007
减字木兰花·读《历代名人咏广安》 002	千秋岁·神州路 007
唐世政 003	李成轩 008
卖花声·访邓小平故居 003	二十周年吟 008
石河子1981金秋迎小平 003	江城子·盼春长 008
王富强 004	【中吕·粉蝶儿】广安如画 009
我们是广安的主人 004	春（颠倒顺） 010
胥 健 005	张 云 011
采桑子·咏西溪 005	写在小平故里（组诗） 011
蔡世武 006	阳际先 013
诗词学会二十年寄意 006	渔歌子·一定要把广安建设好 013
咏邓小平故居 006	刘建国 014
蝶恋花·协兴老街 006	望海潮·六十初度 014

第二篇章　律风雅韵

于业大	016
华蓥山天池湖	016
美了月亮坡	016
万大成	017
祖国颂	017
汪　宁	017
读毛主席诗词有感	017
万文忠	018
陪友人春游朝阳寨	018
游包公祠	018
文绍才	019
纪念红军长征胜利八十周年	019
诗词学会成立二十周年	019
方崇斌	020
回首廿年乃韶龄	020
刘小刚	020
喜贺廿载激越梦	020
木　子	021
诗友聚	021
广安诗学廿周年	021
广安诗词二十载赞	022
尹志伦	022
向中共十九大献礼	022
毛一辉	023
贺广安诗词学会二十年	023
王菲霞	023
廿载拼搏领航船	023
王启福	024
喜看神州美如画	024
文化改革花竞放	024
王启明	025
广安诗词学会颂	025
缅怀小平	025
王贤明	026
吏清邦兴	026
拨雾扬清	026
华蓥山即景	026
夜来香	026
生命如风	027
青城山	027
艾　诗	027
西溪河畔笑语频	027
王存寿	028
小平故里感赋	028
艾华坤	029
嘉陵江	029

晨　练	029
任华成	030
广安诗词学会二十年庆（藏头）	030
刘兴德	030
春日漫步	030
刘于均	031
诗情画艺	031
吟诗抒怀	031
翰墨飘香二秩年	031
刘奉先	032
游武胜白坪新村	032
桃花山庄行	032
刘廷选	033
嘉陵江美	033
烈面淳风	033
朱太国	034
迎春曲	034
颂伟人邓小平	034
最美乡村——武胜白坪	035
广安森林城市	035
阳圣明	035
乡村所见	035
孙永慎	036
中秋月夜感怀	036
张显琼	036
城南新貌	036
苏建荣	037
萃屏观景	037
文俊发	037
贺《广安诗词》创刊二十周年	037
张　民	038
贺国产第二艘航空母舰下水	038
天舟与天宫对接	038
张承光	039
贺广安诗词学会二十周年	039
文友聚	039
春意盎然	039
张向红	040
西山红叶好	040
张晓侯	040
三十年巨变	040
张成鹄	041
登萃屏公园展望	041
广安诗词学会二十周年颂	041
何树炳	042
游印山公园	042
漫步滨江路	042
龙女湖湿地公园	042
何维政	043
诗香广安	043
广安"诗会"风采	043

李天麒　　　　　　　　044
　秋游北辰湖　　　　　044
　重　阳　　　　　　　044
李全华　　　　　　　　045
　美丽中国　　　　　　045
　高歌小康路　　　　　045
李良辉　　　　　　　　046
　岳池翠湖　　　　　　046
　宝箴塞　　　　　　　046
李荣瑞　　　　　　　　047
　广安新城　　　　　　047
　农家乐里赛神仙　　　047
　岳池翠湖　　　　　　047
　岳池文化节白庙观樱花　047
吴希胜　　　　　　　　048
　赞中华诗词大会　　　048
　岳池白庙万亩樱花基地　048
吴绍模　　　　　　　　049
　中华文化放光芒　　　049
　感　怀　　　　　　　049
肖绍兴　　　　　　　　050
　故乡行　　　　　　　050
　赞邓小平老乡　　　　050
　难忘市诗词学会　　　050
陈　铭　　　　　　　　051
　慈悲老妪　　　　　　051
　华蓥山风景　　　　　051

陈国富　　　　　　　　052
　休　闲　　　　　　　052
　秋之感悟　　　　　　052
陈光弟　　　　　　　　053
　盛世春　　　　　　　053
　广安诗苑二十年征程　053
　走进广安走进诗　　　053
　二十年豪迈步　　　　054
郑才举　　　　　　　　054
　贺《广安诗词》创刊二十周年
　　　　　　　　　　　054
陈厚炳　　　　　　　　055
　永别小平二十年　　　055
　漫步邻水护城河抒怀　055
　写在关门石水库　　　055
范良超　　　　　　　　056
　探梦天宫　　　　　　056
金玉辉　　　　　　　　057
　塑　花　　　　　　　057
　游邻水天意谷即景　　057
　纳　凉　　　　　　　058
杨荣礼　　　　　　　　058
　中华颂　　　　　　　058
孤　鸿　　　　　　　　059
　壬辰九月初迁淳化　　059
　贺广安诗词学会二十周年　059

周明果	060
龙女湖晨曲	060
嘉陵夜色	060
印山公园	060
杨宗润	061
无　题	061
杨　武	062
学　书	062
贺广安诗词学会二十周年	062
杨方忠	063
"诗学"二十年	063
杨洪福	064
乡村新景	064
晨　曲	064
山村四月	064
南山松	064
杨兴贵	065
石　笋	065
穿岩曦月	065
白坪采风	065
杨应学	066
广安新歌	066
游前锋	066
杨顺光	067
新农村即景	067
赵昌帆	068
早　春	068
袁子淇	068
昔年葬花葬昔年	068
骆首荣	069
夏秀翡翠峡	069
祥　云	069
纪念红军长征胜利八十周年	069
钟先茂	070
有感城南左岸风景区	070
贺诗词学会二十周年	070
壬辰迎春曲	070
贺兰苏苏	071
望　雁	071
两相逢	071
柏学明	071
东湖漫步	071
李　革	072
龙滩松芽	072
来日前锋更迷人	072
潘成军	073
漂流白龙峡	073
唐代富	074
赞广安诗词学会	074
颂广安诗词学会	074
唐友全	075
贺广安"诗学"廿年华诞	075
格律有感	075

唐素兰	076	陶代伦	084
神奇大良城	076	沿口古镇半边街	084
广安新貌	076	曾广全	084
银城美	076	新世纪大新闻	084
郭容甫	077	曾庆中	085
华蓥山观感	077	桑榆吟	085
高其上	078	晨游雨中东湖感赋	085
新村颂	078	曾昭泽	086
春游武胜嘉陵	078	贺《广安诗词》创刊二十周年	086
黄中成	079	蒋德贤	086
美丽武胜我的家	079	愚老敲诗	086
赞新村	079	舒 华	087
黄青华	080	落 红	087
蓬莱阁	080	碧 桃	087
革命胜地红岩	080	舒 毅	088
秦雪秋	081	贺市诗词学会二十周年	088
回首廿年谋雅趣	081	再游前锋	088
谌贵轩	081	舒建明	089
廿载放歌成绩优	081	兰台寄情思	089
曹文芳	082	漂流涞滩河	089
当 归	082	蒋定兰	090
观岳池坪滩瀑布	082	游龙女湖	090
游义香	083	蒋慕鸿	091
中 秋	083	春夜喜雨	091
渡 口	083		

蒲亨银	091
豪情迎接十九大	091
谢宗福	092
贺市诗词学会二十年	092
广安廿载诗坛馨	092
明月场巨变	093
谢慧玲	093
廿载奋斗景色新	093
熊　浩	094
小平故里广安城	094
熊开琼	094
廿年风雨千帆渡	094
熊廷荣	095
崛起，中华！	095
广安诗词学会廿岁生日志庆	095
颜学宽	096
年华莫枉度	096
龙女湖上飞二桥	096
渔歌唱晚几时还	096
谭可与	097
太极湖畔	097
白　杨	097
雷厚国	098
明月场	098
四月枇杷熟	098
橘花雨	098
雷敬中	099
农家宴	099
乐途采风	099
戴邦元	100
赞成轩会长	100
老　农	100
贺广安"诗会"二十年	100
公仆赞	101
李宗辉	101
青龙湖览胜	101

第三篇章　琴瑟词曲

丁智力	104
一剪梅·青龙湖秋景	104
长相思·望故乡	104
万文忠	104
渔家傲·武胜看龙舟	104
马　福	105
念奴娇·游华蓥山大峡谷	105
陈明道	105
满庭芳·小平故里巨变	105

木 子　　　　　　　　　　　　106
　水调歌头·建军九十年　　　　106
　粉蝶儿·知足常乐　　　　　　106
刘廷选　　　　　　　　　　　　107
　玉楼春·离别　　　　　　　　107
刘奉先　　　　　　　　　　　　107
　采桑子·锦绣白坪　　　　　　107
刘于均　　　　　　　　　　　　107
　鹧鸪天·漫步西溪河　　　　　107
任华成　　　　　　　　　　　　108
　行香子　　　　　　　　　　　108
阳圣明　　　　　　　　　　　　108
　醉花阴·銎城之春　　　　　　108
孙永慎　　　　　　　　　　　　109
　沁园春·代市钟鼓楼　　　　　109
何维政　　　　　　　　　　　　109
　江城子·广安诗词学会二十年　109
李春樑　　　　　　　　　　　　110
　忆秦娥·红足赛　　　　　　　110
　鹧鸪天·缅怀小平　　　　　　110
吴绍模　　　　　　　　　　　　111
　满庭芳·贺广安诗词学会二十年
　　　　　　　　　　　　　　　111
张向红　　　　　　　　　　　　111
　满庭芳·广安诗词学会二十年　111

张成鹄　　　　　　　　　　　　112
　满江红·小平诞辰110周年　　 112
杨方忠　　　　　　　　　　　　112
　鹧鸪天·广安诗词沐雨经风二十年
　　　　　　　　　　　　　　　112
张敬之　　　　　　　　　　　　113
　临江仙·八一抒怀　　　　　　113
　喜朝天·赞精准扶贫　　　　　113
杨宗润　　　　　　　　　　　　114
　鹧鸪天·吟诗抒怀　　　　　　114
颜学宽　　　　　　　　　　　　114
　沁园春·武胜变迁　　　　　　114
祥 云　　　　　　　　　　　　115
　鹧鸪天·毓秀新村　　　　　　115
赵昌帆　　　　　　　　　　　　115
　南歌子·赏雪　　　　　　　　115
杨洪福　　　　　　　　　　　　115
　西江月·荷池夜色　　　　　　115
胡贤翼　　　　　　　　　　　　116
　最高楼·春　　　　　　　　　116
王启福　　　　　　　　　　　　116
　一剪梅·乡野春景　　　　　　116
春 雨　　　　　　　　　　　　117
　鹧鸪天·喜庆建党九十六周年　117

钟先茂	117
鹧鸪天·"诗学"二十年	117
高愫锔	118
浣溪沙·新春祝福	118
鹧鸪天·踏春	118
采桑子·初春风光	118
高其上	119
鹧鸪天·莲藕	119
梅雪琴	119
沁园春·赏白坪	119
郭容甫	120
桂枝香·水乡街子	120
游义香	120
青玉案·芳华谁可恋	120
曹文芳	121
鹧鸪天·盛世颂	121
袁子淇	121
蝶恋花	121

蒋德贤	122
沁园春·广安"诗学"廿年庆	122
熊 浩	122
鹧鸪天·广安诗词创刊二十年	122
熊异明	123
生查子·寻春	123
清平乐·小草	123
王启明	123
浣溪沙·贺学会二十年	123
熊廷荣	124
一剪梅·乡野春景	124
鹧鸪天·读毛主席诗词赋	124
王化明	124
长相思	124
戴邦元	125
长相思·咏雪	125
长相思·故乡	125
艾 诗	125
画堂春·振兴中华	125

第四篇章　新声诗歌

万大成	128
长征颂	128

万光鑑	129
美丽华蓥山	129

尹才干	130
高低坑瀑布	130
王　农	133
太空之吻	133
王启福	135
心醉华蓥	135
王化明	136
想　念	136
王显才	138
致情人节	138
木　子	140
春夏秋冬	140
艾华坤	144
沿口古镇	144
生命如风	145
一个微笑就够了	145
皮宗福	146
现代精神播欢欣	146
刘和泉	147
岁月的痕迹	147
等　待	148
思　念	148
孙永慎	149
写在前锋建区三周年	149
李天棋　李晓林	151
浓溪赋	151
李义斌	152
中秋看月	152
李全华	154
蓑　衣	154
李天明	156
那里叫凤真院	156
春兰，春兰	159
李春樑	161
走进广安希贤学校	161
小康路上	161
李建华	162
在路上	162
李逢忠	163
一条叫作渠水的河流进我的乡音	163
李晓波	165
诗意的井下	165
张　民	167
广安诗词芬芳迷人	167
宋小平	169
千里马之梦	169

郑才举	170
新韵广安	170
杜　薪	171
四处流放	171
一季人生	172
汪　宁	173
菩提	173
陈　宇	174
小城一角	174
苦楝	175
杨　咏	176
梦幻青海	176
荷韵	178
杨云峰	179
肖溪古镇	179
广安白塔	180
姚陟雄	181
谒小平故居	181
胡贤翼	182
万春桥赋	182
胡祥金	183
珠穆女神	183
钟先茂	185
小平故里行	185
高其上	186
白坪的春天	186
唐小辉	187
端午的月光	187
唐　铭	189
桂兴之旅	189
顾　全	192
秋霞	192
郑修光	194
广安一片新面貌	194
陶代伦	195
一起飞	195
曾配兵	196
静待花开	196
舒　毅	197
释放万缕暗香	197
舒　华	198
雨巷	198
彭俐辉	199
那些事（组诗）	199
梁晓华	201
几千年走不出的两座山	201
唐代富	202
小平故乡诗歌海洋	202
蒋建明	203
广安诗词学会二十周年	203

蒋慕鸿	204
盛名广安	204
程　华	205
建筑工人的礼赞	205
雷先锋	207
广场偶感	207
戴齐伶	209
巴山岩的风	209
钟明全	211
在阳光的下午骑着车	211
游义香	213
写给文字	213
戴邦元	214
乡村的早晨	214
杜梦林	215
山乡琴音	215
为你写诗	216
十四行诗	217
睡莲絮语	217

跋　　219

第一篇章

卷首开篇

尹 贤

尹贤，本名尹贤绪，1929年生，广安市武胜县人。高级讲师，中华诗词学会会员，中国楹联学会会员，甘肃省诗词学会常务理事，曾任《甘肃诗词》主编。著有《唐诗绝句选讲》《望蜀斋诗文集》《诗词写作指导》《对联写作指导》等著作。

水调歌头·小平二次复出

整顿力抓紧，令出即风行。交通梗阻须破，一月火车鸣。次第军工文教，奋扫乌烟瘴气，万众喜天晴。大厦重扶起，护国赖千城。　　抓鼠恐，封豕怒，狂浪生。明知天意难逆，航速不稍停。洞悉风云世界，深察黎民疾苦，救国赤心诚。打倒仍无悔，功过任人评。

减字木兰花·读《历代名人咏广安》

博观慎取，提要钩玄精细注。朴实大方，自有风华播音香。英豪并起，秀美山川谁与比？光射长天，万里神州赞广安。

唐世政

唐世政，笔名笑天，1944年生，广安市邻水县人，大学中文系毕业。中华诗词学会会员，新疆诗词学会常务理事，新疆兵团文学艺术联合会委员兼诗联家协会副主席，石河子市诗词学会会长，石河子大学诗词学社名誉社长，广安市诗词学会顾问。编著有《军垦颂》《绿洲魂》《绿洲诗粹》《当代人咏广安》等著作。

卖花声·访邓小平故居

绿竹染朝霜，铁树馨花。牌坊树里小平家。黄发垂髫四海客，莺燕轻车。　　独自漫咨嗟，误了韶华，朝云暮雨似纷纱。新柳丝丝今又见，春色无涯。

石河子1981金秋迎小平

瓜果飘香六畜肥，小平万里到西陲。
田边一席家常话，恰似金风暖气吹。

王富强

王富强,广安市华蓥市人,生于1968年。中国作家协会会员,曾任广安市诗词学会副会长,《广安诗词》副主编。

我们是广安的主人

英雄的华蓥市磅礴巍峨
滔滔的渠江水日夜放歌
华蓥市的琼浆喂养了你
渠江水的乳汁哺育了我
把满腔的赤诚献给人民
把美丽的青春献给祖国
母亲把希望寄托给我们
让我们团结奋进努力开拓
我们是广安的主人
要做伟大时代的建设者

千年的铁树开花结硕果
辛勤的汗水汇流成江河
改革的春风喜讯传捷报
富饶的土地战歌接凯歌
用无穷的智慧建设家园
用勤劳的双手描绘生活
历史把重任交给了我们
让我们挺起胸膛顽强拼搏

我们是广安的主人
要做伟大时代的创业者

"一定要把广安建设好。"
牢记小平同志的谆谆嘱托
我们是广安的主人
要做伟大时代的建设者
我们是广安的主人
要做伟大时代的创业者

【 胥　健 】

胥健，1958年生，南充市西充县人。曾任中共广安市委宣传部部长，广安市诗词学会名誉会长，现任达州市人大常委会主任。

采桑子·咏西溪

小河绿水碧如玉，岸柳依依，白鹭栖栖，谁舞繁荫鸟语低。
沿溪观景寻诗去，芳草萋萋，紫气弥弥，亭立桥头又沐曦。

蔡世武

蔡世武，笔名巴地草，1942年生，广安市人。广安市委宣传部原副部长，广安市精神文明建设办公室主任，广安市诗词学会首任会长。著有《巴地草》。

诗词学会二十年寄意

广安诗会聚群贤，采乐华章进校园。
渠水波清心坦荡，华蓥花艳意蹁跹。
丹忱早慕吟坛雅，皓首犹知国宝编。
望尽天涯云路阔，晚霞无语照新篇。

咏邓小平故居

谁言午月芳菲尽，铁树奇花邓宅开。
野色晴芳宣上阁，却绿春驻此楼台。

蝶恋花·协兴老街

清末协兴千百铺，商贾云集、扼守渠江阜。市井繁荣游客驻，茶楼酒舍逍遥度。　　先圣求学于此处，故事传奇、壮志令人慕。矢志离家擎国柱，乡愁自是老街路。

邓欲治

邓欲治，笔名谷台，1933 年生，广安市人。中华诗词学会会员，原广安县委常委、组织部部长，原广安县政协副主席，广安市诗词学会原会长，《广安诗词》主编。

春江独钓

细水淙淙晓月朦，春江独坐钓鱼翁。
钩云钓雾陪风雨，起早贪黑伴碧空。

千秋岁·神州路

飞红万树，春满神州路。人似浪，车如雨。虹桥花恋蝶，疑是银河渡。春醉也，游人恋恋忘归去。　　子规声声诉，惹得东风妒。慢醉酒，先行步。欲邀春共舞，无奈春将暮。今何往？花间彩照留春驻。

李成轩

李成轩,1946年生,广安市岳池县人。中华诗词学会会员,广安市诗词学会名誉会长。著有《浅近集句》《桂圆诗稿》等著作。

二十周年吟

二十周年菊正黄,韵坛秀色不寻常。
含辛茹苦心胸悦,去艾锄蒿百卉芳。
词谱华章歌善改,诗吟盛世吐奇香。
五湖四海聚朋友,漫引冰壶漱玉浆。

江城子·盼春长

今生志作种花郎,经年忙,又何妨?诗坛稼穑,百卉吐芳。两袖清风终不悔,君不信,问渠江。 星移斗转盼春长。好时光,更辉煌。寄语吟明,盛世著华章。雨露长施依时节,奇葩绽,满园香。

【中吕·粉蝶儿】广安如画

天下广安,宕渠开,美名悠远。国兴隆,旧貌新颜。暖晴烟,芳馨景,柳长花徇。日朗天蓝。万家春、惠风扑面。

【醉春风】西溪河　溪水碧波澜,蓁林枝叶满。奇桥横列千车返,翠柳长堤群鹭倦。鲜、鲜、鲜,瀑布奔流,市街闻雷,九天虹幻。

【遇仙客】思源广场　气宇轩,势如磐。宝鼎横空魏玮然,彩灯旋。水龙欢,直上云天。呀!万众争先看。

【石榴花】长街　水绕廊城沿,树绿翠廊轩。长街坦荡靓车繁。琼楼玉苑,店铺庭园。行人似鲫多留恋。虹彩耀,夜市喧阗。轻歌曼舞神仙羡。好个賨州倩。

【上小楼】北街　针头线团,布疋丝绢。土特奇葩,环保河鲜,食府香餐。一条街,百货全。桂馨兰绽。好繁华,北街称冠。

【幺篇】渠水宽,渠水欢。毓秀山川,鹤舞云烟,传统延年。听,一声吆喝,王狗儿,豆腐干,绵长悠啭。越渠江,志高行远。

【小梁州】市民广场　烟树参差碧水潆,朗月中天,人声鼎沸广场喧。华灯灿,老少乐休闲。(幺篇)高楼浅映长桥畔,韵诗坛,艺苑雕栏。箫鼓传,弦歌曼,通宵达旦,醉煞市民欢。

【朝天子】耍街　岸妍,岸妍,好月晖霄汉。沿河酒肆乐台欢。茶馆棋牌玩。作舞翩跹,放歌宛转,留园蜀苑喧,宴鲜,十里浓香唤。

【尾声】春风百卉妍,秋阳水色鲜。如诗如画城乡倩,绿韵红魂广土安。

春（颠倒顺）

喜迎
入夜雨
潇洒清冷
东风有意缠绵
桃菲李白梨娉婷
紫燕含泥布谷啭鸣
牛耕绿野山河添姿色
猴舞尧天羊铺锦绣云
昕阳凝辉新岁且更始
决胜小康虎跃龙腾
年逢大有更精神
壮志割除穷根
国登强胜景
中华复兴
齐欢呼
满园
春

【 张 云 】

张云，广安市前锋区人，1954 年生。广安市文联原副主席，广安市诗词学会副会长，四川省作家协会会员。

写在小平故里（组诗）
牌坊村小路

弯弯曲曲，曲曲弯弯
像历史的无数坎坷
穿越世纪
在风雨中延伸

小路是一部传奇
这边是书的扉页
一个平凡的起点
那边是一座丰碑
九十三个年轮的辉煌
全部刻在上面

走在牌坊村的小路上
翻开他的一生
读着他的伟大
每一个标点都灿烂

牌坊村

一个很小很小的地方
这里已没有了牌坊
粉墙青瓦的三合院
十分十分古朴
有多少人来到这里
来看一看伟人诞生的乡土
全世界的目光都向这里聚焦
惊讶小村神圣的日出
不管你来自什么地方
赶了多少路程
在临走的时候
都会写下庄严的肃穆

牌坊人

一代一代的牌坊人
不管老与小
都很厚道朴实
老人们脸上的皱纹
像岁月的一道道沟壑
装过忧虑
也装着自豪

当子孙们一生下来
父辈们就告诉他们
这里叫牌坊村
你是一个牌坊人

阳际先

阳际先,笔名凡丁,1928年生,广安市人。中国人民解放军总政治部师职离休干部,北京市诗词学会及中国老年书画研究会会员。

渔歌子·一定要把广安建设好

（一）

九字教育指路灯,心期桑梓快振兴。县建地,快飞腾,巴山渠水笑盈盈。

（二）

五载艰辛创业丰,邓公教诲显奇功。地改市,上高峰,华蓥山上又东风。

（三）

国运昌隆四海钦,广安面貌焕然新。百业旺,众欢欣,故乡山水感恩深。

刘建国

刘建国，男，1957年生，大学文化，原籍河南。多年从事行政领导工作，现已退休。广安市诗词学会员。

望海潮·六十初度

中原底蕴，燕赵风骨，巴蜀谦谦刘郎。市井布衣，州县小吏，蹲登六旬时光，归去而敛裳。曾问农稼穑，引资招商，维稳事艰，案牍劳形酒更伤。　　世事难人沧桑，惜朋辈新鬼，黔首铁窗。一本好书，二两杜康。休提荣辱官场，善终亦倜傥。喜春华秋实，兰桂飘香。呼朋论道畅饮，晨钟醉渠江。

第二篇章
律风雅韵

于业大

于业大，广安市前锋区人，1937年生，于广安区政协文史委退休。

华蓥山天池湖

传说王母抛银镜，坠至华蓥落地坑。
池内清泉翻作浪，林中宿鸟顿空腾。
青山久染时时翠，绿水长流岁岁新。
殿俊曾经因此醉，德怀察视恋情生。

美了月亮坡

坡高峻峭似弯月，碧水滔滔导管流。
百尺清泉生电力，千年沃野筑琼楼。
排洪抗旱多功效，引水插秧少犯愁。
月亮坡前花似海，阳光雨露挂枝头。

万大成

万大成，男，1974年生，贵州省遵义市人，在广安市海事局工作。四川省诗词协会会员，广安市作家协会会员，广安市诗词学会常务理事，广安市广安区作家协会会员，广安区政协文史研究员。

祖国颂

神州大地迎华诞，亿万人民喜笑颜。
开放改革卅载过，神州飞越六十年。
秋菊展露开新蕊，静夜思乡久未眠。
鼓乐喧天龙起舞，欢歌盛世暖心田。

汪 宁

读毛主席诗词有感

暖阳冬日化冱冰，润之词赋感怀襟。
神州遇难寻撑舵，华夏求强赖伟人。
万里长征路艰险，中原大地寇贼横。
风流人物留佳句，举世闻名裕后昆。

》 万文忠 》

万文忠，1962年生，广安市前锋区人。2005年加入广安市诗词学会。

陪友人春游朝阳寨

朝阳寨上赏花开，开到几时懒去猜。
却待明年春日好，蜂蝶起舞又重来。

游包公祠

老虎苍蝇道力高，民忧国患几时消？
包公祠内传真法，灭鬼降妖举铡刀！

文绍才

文绍才，广安市岳池县人。广安市诗词学会理事，岳池县诗词学会副会长，《岳池诗词》编辑部主任。

纪念红军长征胜利八十周年

长征万里步为艰，浩气凌云寇胆寒。
血染湘江凝壮志，风腥战地转坤乾。
一生九死丰碑竖，万世千秋史册嵌。
继往开来旗猎猎，中华筑梦凯歌旋。

诗词学会成立二十周年

吟坛帜树二十年，处处骚人带笑颜。
国粹传承扬正气，栉风沐雨尽诗篇。

【 方崇斌 】

回首廿年乃韶龄

回首廿年乃韶龄，弘扬传统满庭芬。
撒播文化添新秀，作赋诗词唱故人。
椽笔谪仙开媚眼，激扬唱和表衷心。
蛟腾凤舞歌今古，唐韵汉风九鼎尊。

【 刘小刚 】

喜贺廿载激越梦

春来丽景碧无穷，谈笑鸿儒曲径通。
紫燕群飞星荟萃，鲲鹏展翅九霄重。
轻弹古谱灵犀透，远奏笙笛陋室功。
喜贺廿年激越梦，幽深轻词乐无终。

木 子

木子，本名李晓林，广安市广安区人，生于 1958 年。广安市协兴园区原区长，广安区旅游局局长，文坛多家协会会员。作品于 2015、2016 连续两年在世界诗人协会、中国诗歌协会、中国诗人协会等举办的比赛中获奖。

诗友聚

（一）
聚首诗坛偶对吟，谈今论古遇知音。
挥毫泼墨填词曲，把酒三杯妙语生。

（二）
莫道愚翁逾六旬，童心未改正青春。
吟诗作赋逍遥汉，对酒当歌会友人。

广安诗学廿周年

诗协艺苑聚群贤，弹指挥间已廿年。
上寿耋翁依旧貌，成童弱冠换新颜。
唐音宋律千年颂，古韵今声百代传。
喜看寰城多志士，硕果丰盈满人寰。

广安诗词二十载赞

广袤星空玉兔明,骚人笔下苦耕耘。
诗朋聚首吟新作,词友相逢诉旧情。
廿载寒梅花正艳,十年朽木叶发新。
轻歌曼舞丰收庆,喜看賨城代有英。

【 尹志伦 】

尹志伦,岳池县人。

向中共十九大献礼

遨游浩宇传捷报,自主研发引自豪。
空客升天惊四海,巨舟起降撼云霄。
中华奋起千钧棒,大地飞歌万里遥。
赞礼高歌十九大,风流人物看今朝。

毛一辉

毛一辉，女，1974年生，广安市前锋区。高中语文高级教师，广安市诗词学会会员。

贺广安诗词学会二十年

渠江河畔乐融融，廿载耕耘韵味同。
历练文辞人自醉，精粘偶对蔚成风。
诗词句句情真切，古调声声意更浓。
厚重文明传万古，丰收喜悦傲苍穹。

王菲霞

王菲霞，女，汉族，1989年生，广安市广安区人。高中语文一级教师，广安市前锋区优秀教师。

廿载拼搏领航船

廿载拼搏舞艺坛，诗词进校领航船。
阳光普照禾苗壮，雨露浇得杏果甜。
彩笔描出诗境意，流云绘就紫荆幡。
讴吟作对添新雅，锦绣华章写广安。

王启福

王启福,广安市广安区人,退休干部,广安市诗词学会理事。

喜看神州美如画

银楼倒映美如霞,艳色桃园遍地花。
绿水青山连天际,城乡闹市造秦家。
天生丽朵花生艳,地葆摇钱果满桠。
举世闻名人赞颂,美丽神州大中华。

文化改革花竞放

壮哉律韵万千言,璀璨明珠挂笔端。
泰斗名流挥彩墨,文豪巨匠写新篇。
山河景秀观诗赋,朗月清风阅纸笺。
拟计中枢谋远略,宏图大展尽开颜。

王启明

王启明，男，1946年生，中共党员，大专文化，广安市前锋区人，退休干部。广安市诗词学会副会长，《广安诗词》副主编，已发表诗词300余篇。

广安诗词学会颂

李杜相邀赏广安，诗词曲赋以真传。
吟坛朵朵鲜花绽，篆水滔滔溢海天。

缅怀小平
——纪念小平逝世二十周年

历史悄然选小平，文韬武略最贤能。
操戈稳舵功勋建，引领神州万里行。

王贤明

吏清邦兴

清廉为政系民情,但愿声名永史青。
鸟只贪食遭网捕,鱼因诱饵落钩针。
谋财有道多烦恼,舍利无求享太平。
自古花香唯最美,从来气正奏邦兴。

拨雾扬清

神州大地举贤良,民裕家和更富强。
华夏繁荣黎庶乐,炎黄兴旺古邦昂。
倡廉拨雾东方亮,反腐扬清盛世昌。
主政休当食亡鸟,当官理所谱新章。

华蓥山即景

雾罩松枝掩彩霞,清风阵阵吐芳华。
石林竹海迎飞燕,宝鼎奇峰更挺拔。

夜来香

百花入睡草惊风,夜吐芬芳染碧空。
不与群英争艳色,馨香竟在梦乡中。

【生命如风】

生命如风,本名罗勇,1973年生,广安市前锋区桂兴镇人大主席。

青城山

道庙称观建在巅,群峰峻岭驻神仙。
云烟为伴添奇景,寺树相连更自然。
远客朝山香火旺,游人膜拜磬声残。
风光览尽人将醉,袅袅青烟上九天。

【艾 诗】

艾诗,1939年生,广安市广安区人。退休干部,广安市诗词学会会员。

西溪河畔笑语频

闲庭信步在河滨,秀丽春光耀眼新。
碧水扑石声似鼓,清风绕树色如茵。
晨曦自是多欢乐,暮色还闻笑语频。
玉兔山前花正艳,西溪两岸景迷人。

王存寿

王存寿，男，1956年生，广安市人。中国作家协会会员，中国国学协会会员，中华诗词学会会员、理事，四川省诗词协会会员，广安市诗词学会副会长。

小平故里感赋

（一）
重阳组队到协兴，瞻仰伟人邓小平。
遍地花香闻鸟唱，故居小院述衷情。

（二）
楼台栋宇展辉煌，绿树成荫扑鼻香。
老朽闲游心欲醉，秋风送爽透心房。

艾华坤

艾华坤,女,1949 年生,广安市武胜县华封镇人,四川省诗词协会会员,广安市诗词学会会员,武胜县文艺评论家协会会员,武胜县诗词学会会员。

嘉陵江

嘉陵江水荡悠悠,流进长江不掉头。
哺育儿孙千百万,甘陪日月度春秋。

晨 练

晨练太极雅兴高,白发翁媪似风飘。
轻歌曼舞霓裳艳,体健身强乐逍遥。

任华成

任华成，1943年生，广安市岳池县人。曾连任三届华蓥市政协委员，世界书画艺术家协会会员，中华诗词学会会员，广安市诗词学会副会长、名誉副会长，岳池县诗词协会顾问等。

广安诗词学会二十年庆（藏头）

广收骚友聚同仁，安步当车赏柳青。
诗海淘金掀浊浪，词林采果盛丰盈。
学得韵律成佳作，会创新歌负盛名。
廿载征程虽四届，连年铸就几多人。

刘兴德

刘兴德，现年74岁，广安市岳池县人，中学高级教师。曾任教于岳池中学，后为岳池县教育科学研究室中学语文教研员。系广安市诗词学会会长，岳池县诗词学会会员。

春日漫步

水秀山青百鸟啼，寻芳漫步任东西。
才从麻柳桥边过，又向东湖柳岸趋。
古树千年难觅找，人生百岁不足奇。
花前月下良宵度，把酒吟诗再布棋。

刘于均

刘于均，男，1943年生，广安市人。曾任农村支部书记，现为四川省老年诗词创作研究会理事，广安市诗词协会理事。作品曾荣获"兰亭杯"全国书画大赛及全国诗词名家神州行金奖。

诗情画艺

云霞焕彩映河山，墨浪声声铸锦篇。
豆蔻媪翁齐聚首，谈今论古共欢颜。
怡情走笔依风韵，悦目舒心赏景观。
艺界文坛多妙手，挥毫泼墨绘春天。

吟诗抒怀

隆冬日照若初春，万树梅花耀眼新。
作画吟诗夸盛世，填词写赋展乾坤。
骚坛处处多精品，墨客人人奋笔耕。
欲待明年花更艳，山清水秀景迷人。

翰墨飘香二秩年

翰墨飘香廿载秋，诗词曲赋醉清眸。
黎明奋笔天色暗，傍晚疾书月魄钩。
缀玉珠连添锦绣，诗魂梦染助风流。
良朋益友连天下，笑语欢歌盛世讴。

刘奉先

刘奉先，1931年生，广安市武胜县人。曾任小学校长、《武胜县志》副主编等职。现系广安市诗词学会会员，四川省老年诗词创作研究会荣誉理事。

游武胜白坪新村

走进张家院，春风欲满楼。
园林多色秀，院落更清幽。
树上莺声脆，池中鱼影游。
长年风景美，四季客常留。

桃花山庄行

（一）
山因桃为姓，庄以树得名。
遍地红妍吐，丛林百鸟鸣。

（二）
日暖心舒畅，花香客自吟。
桃园留倩影，此处最销魂。

刘廷选

刘廷选，1929年生，广安市武胜县高石乡人。广安市诗词学会会员，武胜县文艺评论家协会会员，武胜县诗词学会会员，武胜县书法学会会员。

嘉陵江美

嘉陵美景俏佳人，万丈青丝系彩巾。
日照银波开雾帐，风摇绿树舞霓裙。
蓝天碧水明如镜，紫黛青螺笑似颦。
道子怡情挥彩笔，曹衣悟带画难真。

烈面淳风

文明古镇显淳风，远望新区气势宏。
大厦凌空如栉比，长桥越水似霓虹。
大街小巷云商贾，茶舍酒楼聚友朋。
暮岁妪翁闲作乐，棋牌当酒醉颜彤。

朱太国

朱太国,男,1942年生,中共党员,1963年参加工作,2002年退休,广安市诗词学会会员。

迎春曲

高天丽日满园春,柳绿花红万象新。
精准扶贫施惠策,穷乡僻壤建新村。
改革开放谋发展,社会和谐享太平。
反腐倡廉国运顺,从严治党获民心。

颂伟人邓小平

改革开放人心暖,华夏腾飞举世惊。
笑傲中原百鸟唱,欢欣大地巨龙腾。
国强民富千家乐,社会和谐万户兴。
筑梦中华歌盛世,莺歌燕舞庆升平。

最美乡村——武胜白坪

乡村建设敢先行,特色旅游勇创新。
科技兴农基地化,乡村最美数白坪。

广安森林城市

宽洁大道好风光,闹市森林引凤凰。
淡雅清馨商埠聚,伟人故里美名扬。

【 阳圣明 】

阳圣明,1971 年生,大学本科毕业,广安市华蓥市人。现系广安市诗词学会会员,华蓥市诗词学会常务理事。

乡村所见

杂草铺耕地,家禽绕小楼。
无人门户闭,铜锁锁乡愁。

【 孙永慎 】

孙永慎，广安市前锋区代市镇人。代市镇文化站原管理员，广安市诗词学会会员。

中秋月夜感怀

风清气正朗乾坤，涌动中华赤子情。
反腐倡廉抒壮志，改革开放显英明。
嫦娥舞袖连寰宇，篆水轻歌绕榭亭。
赏月中秋浓兴致，佳肴美酒好丰盈。

【 张显琼 】

张显琼，女，1935年生，广安市广安区人。广安区卫生和计划生育局退休干部，四川省老年诗词创作研究会会员，广安市诗词学会副会长，广安区作家协会会员。

城南新貌

再到南城眼界开，心花怒放喜心怀。
条条大道通云汉，座座高楼矗大街。
只见而今多紫燕，难寻往日尽尘埃。
曾经漏舍今何在？走遍西东妄乱猜。

苏建荣

苏建荣,广安市广安区人,退休干部。原广安县公安局政委,广安市诗词学会会员。

萃屏观景

渠水清风移皓影,萃屏曲径散幽香。
赏花看月怡情趣,览古观今谱锦章。

文俊发

文俊发,生于 1947 年,广安市岳池县齐福乡人,退休教师。岳池县诗词学会副秘书长,广安市诗词学会理事。

贺《广安诗词》创刊二十周年

濡墨挥毫意志坚,耕耘廿载梦将圆。
诗章卷卷唐风雅,词赋篇篇宋韵酣。
墨客胸中藏正气,文人笔下铸金山。
春风又渡渠江岸,旭日东升映九天。

张 民

张民，男，1958年生，广安市广安区人。高级教师，四川省诗词协会会员，广安市作家协会会员，广安市诗词学会理事，广安区作家协会理事，广安区政协诗书画院会员，广安区政协文史研究员。

贺国产第二艘航空母舰下水

航空母舰梦成真，辽阔海疆任自行。
往日随他称霸道，而今看我显威神。
中华奋起千钧棒，南海风平万里云。
待到江天红日照，鲲鹏展翅浪奔腾。

天舟与天宫对接

天宫二号九霄悬，面对飞舟互问安。
万里高空传喜讯，一舱隘室把言欢。
中华神器云天外，宇宙飞船奏凯旋。
试看今朝谁与比，泱泱华夏耀人寰。

张承光

张承光，男，1954年生，广安市华蓥市人。四川省作家协会会员，四川省诗词协会会员，广安市作家协会会员，广安市诗词协会会员、常务理事，华蓥市作家协会副会长，华蓥市诗词协会副会长。

贺广安诗词学会二十周年

诗词学会二十年，聚友集贤数百员。
志趣相投吟锦句，知音共勉论佳言。
弘扬正气增能量，振奋精神继往前。
喜看今朝多灿烂，山清水秀艳阳天。

文友聚

友聚茶香酒更浓，眉开眼笑乐无穷。
一群墨客才虽异，几个骚人志却同。
口若悬河心语迸，挥毫泼墨蕴情浓。
出言定把唐诗奉，拙笔亦将李杜崇。

春意盎然

日暖身轻花吐艳，蝶飞燕舞我悠闲。
田间地里欢颜挂，岭上坡间笑语连。
艳色桃花浓抹面，高洁李朵素涂颜。
南来北往人潮涌，日落西山客未还。

【 张向红 】

张向红,广安市岳池诗词学会副会长,广安市诗词学会会员,中华辞赋社会员,《岳池诗词》编辑,曾为《现代作家》编委。

西山红叶好

西山漫步登云路,壑谷丛林薄雾笼。
五彩斑斓霜染树,六神沉醉意凝风。
都言二月看花艳,何似三秋赏叶红。
墨客挥毫描胜景,怡情紫陌兴葱葱。

【 张晓侯 】

张晓侯,广安市武胜县人。武胜县供销社退休干部。广安市诗词学会会员,武胜县诗词协会会员。

三十年巨变

盛世春光日正红,改革开放建奇功。
珠峰顶上旌旗舞,宇宙高天火箭翀。
筑坝山峡发水电,树植大漠斗沙峰。
笙歌奏响兴邦赞,斗志昂扬气贯虹。

张成鹄

张成鹄,号辛子,1925年生,广安市人。中学退休教师,广安市诗词学会会员,广安市文学创作协会会员,广安市书画院会员,成都市老年诗词学会会员。

登萃屏公园展望

萃屏毓秀吐芬芳,竟惹华蓥百鸟忙。
紫燕迎春飞大地,蜻蜓点水戏荷塘。
渠江滚滚云舒卷,宝鼎巍巍雨雾茫。
鹤岭晴岚添秀色,寰城处处尽花香。

广安诗词学会二十周年颂

转笔描摹二秩春,三江五岳九霄吟。
谈今论古吟诗赋,句句章章刻在心。

何树炳

何树炳，1942年生，广安市武胜县龙女镇人。四川省诗词协会会员，四川省老年诗词创作研究会会员，广安市诗词学会会员，武胜县文艺评论家协会会员。

游印山公园

寒秋尽是桂花香，信步寻芳半月廊。
细水长流奔大海，白云飞渡宝塔旁。
双双紫燕情深切，对对鸳鸯意更长。
羿后思寻归故里，人间秀色胜天堂。

漫步滨江路

（一）
锦绣嘉陵水碧漪，青烟袅袅醉长堤。
成群鹤鹭鱼虾戏，鼓乐迎亲却路迷。

（二）
鳌翁弱冠乐逍遥，趣事遗闻任贬褒。
莫道相逢知己少，同歌盛世热情高。

龙女湖湿地公园

鸥旋鹭绕子规鸣，柳岸芦花过蓼汀。
壑谷清溪鱼燕舞，风声阵阵似弦琴。

何维政

何维政,广安市人。广安市前锋区党政机关退休干部,广安市诗词学会副会长。

诗香广安

华蓥景色诱神仙,篆水嘉陵绕广安。
壮志凌云歌盛世,群情振奋唱诗坛。
呕心沥血二十载,曲赋诗词九万篇。
姹紫嫣红添锦绣,挥毫泼墨绣山川。

广安"诗会"风采

诗词学会二十年,勤奋耕耘奏凯旋。
翘楚如松承重任,群贤似玉垒书山。
春瞧桃李花枝俏,秋看丘山果满园。
喜看吟坛多睿智,长征路上谱新篇。

李天麒

李天麒，广安市广安区人。广安区党校退休，为广安市、广安区多家文学类协会负责人。

秋游北辰湖

秋风涤荡点无尘，细柳迎风挽众人。
藕叶将残湖水碧，菊藤矫健映山青。
花香蕊艳怡情醉，干壮枝粗雅趣生。
曲径呢喃轻絮语，湖旁大厦闪华灯。

重 阳

雁叫声声树叶黄，人生可有几重阳。
秋霜愉悦逢甘露，丹桂含羞遇艳阳。
喜地欢天苍发染，登高望远少年狂。
而今庆幸身犹健，把酒三樽醉梦乡。

李全华

李全华,1952年生,广安市武胜县人。广安市诗词学会会员,武胜县文艺评论家协会会员,武胜县政协诗书画院诗词委员会会员。

美丽中国

河山锦绣誉中华,艳色旖旎胜彩霞。
开放改革结硕果,科学发展绽奇葩。
阳光洒满千条路,雨露浇开万朵花。
笑看人间多壮美,神州大地放光华。

高歌小康路

中华筑梦百余年,喜看今朝梦欲圆。
内外长城添秀色,大江南北谱新篇。
城乡建设齐发展,民富国强盛世欢。
科技创新结硕果,小康路上笑开颜。

李良辉

李良辉,1929年生,广安市武胜县青岩村人。中华诗词学会会员,中华对联文化研究院研究员,四川省作家协会会员,广安市诗词学会会员。

岳池翠湖

柳眉初绽喜迎春,秀色芙蓉戏水频。
绿树飘香逗水鸟,梅花吐艳惹冰神。
千层细浪腾云雾,四季风光醉路人。
瀑溅流泉添雅趣,堤飞玉带系鹏鲲。

宝箴塞

峻岭奇峰盖世雄,层林尽染绿荫浓。
蜿蜒山寨风光美,曲径羊肠要塞通。
暗道交横严堵塞,机关纵错巧防攻。
休言古寨今陈旧,谁见当年气势宏。

李荣瑞

李荣瑞,广安市华蓥市人,1939 年 5 月生,小学高级退休教师。

广安新城

宕水之滨乃广安,城池古堡几千年。
改革开放新发展,破帽遮颜永不还。
远古寰城难再见,山清水秀却依然,
思源大道连天宇,宝鼎巍峨照宇寰。

农家乐里赛神仙

恰似瑶台山里建,朱楼玉阁紧相连。
艳阳高照添佳景,歌舞升平溢舍园。
旺火煎油香味美,微熬慢炖釜中鲜。
农家乐里风光好,久住凡人也胜仙。

岳池翠湖

辽阔翠湖碧水清,轻舟荡漾伴歌声。
渔光闪烁明灯挂,远客流连忘返程。

岳池文化节白庙观樱花

云淡苍穹丽日天,阳光灿烂醉人寰。
樱花树下骚人聚,妙语横生雅趣添。

【 吴希胜 】

吴希胜，1956 年生。广安市诗词学会会员、常务理事，广安市岳池县诗词学会秘书长，华西诗社社员。

赞中华诗词大会

诗会十场战火燃，闯关夺隘奋争先。
九宫格里藏佳句，三类题中觅正篇。
文化传承吟絮女，擂台攻守话才男。
弘扬国粹千年韵，律正声谐万古传。

岳池白庙万亩樱花基地

樱花万亩映红天，热闹非凡壮景添。
脉脉含情情切切，深深寄意意绵绵。
风摇靓影丹霞艳，露浴芳姿彩蕊鲜。
车水马龙游客攘，丘山锦绣后花园。

吴绍模

吴绍模,1937 年生,广安市人。从事教育和评书艺术工作 40 年,原广安县政协委员,现为广安市诗词学会会员。

中华文化放光芒

传统诗词应发扬,中华文化放光芒。
祖宗留下传家宝,抒写人生冷暖章。

感 怀

自幼爱读古诗词,沉浸其中如醉痴。
晚年提笔写诗词,才知工夫未到时。
参加诗词学会后,学习提高补我虚。
平仄格律押诗韵,诗友切磋互为师。
《广安诗词》文苑地,习作发表喜滋滋。
陶冶情操养正气,精神粮食时补之。
愿我学会常青树,放光溢彩创奇迹!

肖绍兴

肖绍兴，广安市广安区人。退休干部，广安市诗词学会会员。

故乡行

秋高气爽故乡行，访友探亲诉旧情，
少壮他乡寻富路，妻儿把土管家庭。
耕田种地凭科技，创业经商靠各人，
但看翁媪天上去，肥田再有几人耕。

赞邓小平老乡

少年立志赴法俄，入步仕途路坎坷。
百战沙场勋卓著，三回起落事多磨。
改革开放狂澜挽，大智兴邦奏凯歌。
位退功高堪典范，名垂青史任评说。

难忘市诗词学会

闲暇找乐进诗园，感悟人生自泰然。
咏唱诗词勃雅兴，安身立命度余年。

陈 铭

陈铭,广安市华蓥市人。高级教师,广安市作家协会、诗词学会会员。

慈悲老妪

菩提树下老妪停,宝鼎阁台静夜清,
济世观音天外降,慈悲唤醒梦中人。

华蓥山风景

千年渴望等一吻,望断肝肠不见人。
古庙佛光云雾罩,华蓥处处尽晖春。

【 陈国富 】

　　陈国富，笔名东玉，广安市岳池县人。出版了《运载明天的太阳》《点燃希望的圣火》《烙印》《心声》等著作百余万字。

休　闲

悠闲自在赏湖滨，故友相逢惬意生。
酿煮高粱成玉液，烧沸宕水沏佳茗。
清茶两碗怡神志，美酒三杯悦壮心。
往事桩桩犹幻影，谈今论古到天昏。

秋之感惑

黄昏细雨早知秋，岂道添衣为蔽羞。
叶落花凋成烬土，凉风阵阵入高楼。

陈光弟

　　陈光弟,1929年生,广安市人。中华诗词学会会员,广安市诗词学会会员。

盛世春

飞针走线绣青春,妙手描出五彩云。
社会小康时俱进,和谐大道自由行。
昆仑郁翠松涛起,黄水金波细浪腾。
大地清风关不住,人间秀色诱诸神。

广安诗苑二十年征程

苦读勤耕思远方,风流才子创辉煌。
诗情画意金光闪,鸟语花香玉叶张。
水荡清波飘九宇,山摇绿树映千香。
天工造物人间美,地库丰隆化靓妆。

走进广安走进诗

诗意广安舞彩霞,和谐盛世绽奇葩。
小平故里千般美,万种风情万朵花。

二十年豪迈步

物华天宝竞奇葩,墨客挥毫绘彩霞。
文化承传根据地,诗书裕后幸福家。
推敲咏句红红火,铸就诗章朵朵花。
待看明朝无限美,春风丽日映中华。

郑才举

郑才举,1940年生,广安市武胜县人。武胜县文艺评论家协会会员,广安市诗词学会会员。

贺《广安诗词》创刊二十周年

诗刊创办二十年,曲赋词章万古传。
汇聚群星歌盛世,铺开云彩写新篇。
唐音宋韵和声美,老友新朋笑语欢。
翰苑林中身手显,文韬武略竞争先。

陈厚炳

陈厚炳，笔名光明行，广安市邻水县粮食局退休干部，曾任县粮食局长，县财贸办副主任，广安市诗词学会会员。

永别小平二十年

九七巨匠坠星河，大地苍茫泣伴歌。
五岳巍巍甘俯首，长江滚滚泪连波。
改革开放勋卓著，社会小康盛世和。
世纪伟人别廿载，是非功过任评说。

漫步邻水护城河抒怀

护城河水古潾巡，绿树成荫竞聘婷。
五彩缤纷成秀色，千丝绿柳映邻城。
微风荡起涟漪溅，碧水轻飘欲衬瑛。
鼓乐声声鱼鸟跃，编织胜锦喜煞人。

写在关门石水库

雄姿大坝锁峡谷，细浪粼粼泛玉湖。
万户邻州源水地，甘甜雨露润巴蜀。

范良超

范良超，1936年生，讲师，广安市诗词协会会员，广安市书法协会理事，兰亭书画院名誉院长，出版有《共和国书画家》。

探梦天宫

（一）

天舟逐梦傲苍穹，巨舰巡游大海中。
助力长航行世界，喷燃火箭进天宫。
光芒四射出云外，展翅飞翔转太空。
玉帝闻风忙道喜，蟠桃宴上乐融融。

（二）

天舟闪电破云端，驱雾乘风好壮观。
戏水银河观大地，攀星浩宇览人寰。
嫦娥起舞心愉悦，天女散花兴致欢。
筑梦中华歌盛世，五湖四海谱新篇。

金玉辉

金玉辉，男，1932年生，广安市武胜县人。武胜县沿口中学退休教师，中华诗词学会会员，《广安诗词》编委。曾在《晚霞报》《星星诗刊》发表作品。

塑　花

艳色遂心开，精工妙手裁。
不生香气味，怎惹粉蝶来。

游邻水天意谷即景

天泉入洞出湍溪，漱石穿流闪眼奇。
半隧滢丸泠面颊，高空线瀑串珠玑。
苍苔蒙石啸天犬，黛碥当途望月犀。
转壑疑无登顶路，迎岩架有上天梯。
洞藏巨佛生遐想，壁露悬棺费解迷。
吐水三龙赛鳌宝，拥坛六祖论禅机。
岚开仙子飘虹带，霭幻山人对弈棋。
楞石风吹琴曼奏，缠藤树隐鸟清啼。
停瞧缓走添神爽，踏坎攀坡忘胫疲。
欲问如何评此景？不来览胜憾长赍！

纳 凉

悬空玉兔慢生凉,散坐阶沿沐素光。
婆媳摆谈家务事,爷孙互考谜儿香。
任他花映斜移影,不管月痕悄进窗。
撞响钟声天欲亮,一床清梦到朝阳。

【 杨荣礼 】

杨荣礼,武胜县人。

中华颂

古老中华处处春,安居乐业举文明。
忠廉礼义先贤训,孝道忠良继后昆。
科技创新超日美,勤劳致富越前人。
河山锦绣千般好,盛世欢歌百代兴。

孤 鸿

孤鸿,武胜县人。

壬辰九月初迁淳化

如烟往事绕藤萝,易地经年似烂柯。
善使长鞭服烈马,初扛农具愧青禾。
微风细雨梳垂柳,寒月清辉缀碧波。
雅兴登高穷放眼,摩挲两目莫蹉跎。

贺广安诗词学会二十周年

登高望远写风华,沃野千顷竞艳花。
万里香飘辉日月,丹心一片化宏霞。

周明果

周明果，1946年生，中专毕业。广安市诗词学会会员，武胜县文艺评论家协会常务理事。

龙女湖晨曲

一轮红日映湖水，云彩飞渡大雁追。
荡漾轻舟放眼望，渔翁撒网待鱼归。

嘉陵夜色

日落西山玉兔升，嘉陵夜色画如屏。
清风卷起千层浪，万点星光缀古城。

印山公园

春姑唤醒印山红，鸟语花香意更浓。
闲客悠悠观艳色，南来北往沐春风。

杨宗润

杨宗润，1947年生，广安市广安区人，退休教师。现系广安市诗词学会会员，广安市作家协会会员，广安区政协诗书画院会员，作品曾在各类书刊报纸登载。

无 题

（一）
岁月峥嵘二秋春，飞歌四海溢芳馨。
佳言妙句皆佳对，国粹华章尽锦文。
雅趣横生抒壮志，心潮澎湃吐豪情。
山峦秀色袭人醉，广宇琼楼诱燕群。

（二）
神州大地好风光，水系群峦似画廊。
李艳桃红添锦绣，杨青柳绿缀山乡。
良田禾稻层层浪，沃土葵花朵朵香。
过客匆匆偷玉照，游人欲醉赏花忙。

杨 武

杨武，1954年生，广安市岳池县人。中华诗词学会、四川省诗词协会会员，广安市诗词学会常务理事，岳池县诗词学会副会长。

学 书

案头最是恼烦消，故纸堆叠五尺高。
俗气将除登大雅，痴心不悟只皮毛。
附庸也去追奇古，兴致犹来赶热潮。
法取当然师造化，毫楮切莫等闲抛。

贺广安诗词学会二十周年

诗词曲赋放声讴，励志承传整廿秋。
振臂賨城才济济，弘声巴地韵悠悠。
谊连四海千家竞，情系八方万象收。
盛事同襄堪戮力，扬波墨浪荡飞舟。

杨方忠

杨方忠，1944年生，广安市武胜县双星乡人，四川省诗词协会会员，广安市诗词学会常务理事，广安市文艺评论家协会理事，武胜县文艺评论家协会副主席兼秘书长。

"诗学"二十年

（一）
刊表诗词意境新，唐音宋韵扣人心。
先贤既有惊天曲，后秀何无动地吟。
继颂文明无小事，弘扬国粹有知音。
人间绘就千秋画，矢志勿移事竟成。

（二）
千年韵律曲昂扬，雅句还须看盛唐。
法度犹存崇李杜，藩篱已破尚苏黄。
补天手巧出柔翰，砭世歌签入锦囊。
已过春秋将廿载，广安诗会奏宫商。

杨洪福

杨洪福，1939年生，广安市武胜县乐善镇人，四川省老年诗词创作研究会会员，广安市诗词学会会员，武胜县文艺评论家协会会员。

乡村新景

葱茏绿树对成排，平顶楼房筑晒台。
小舅茅屋成宝殿，大姑暮岁戴金钗。
昔无米面谁都苦，今有佳肴哪个哀？
再看村中张大嫂，聊天上网乐开怀。

晨 曲

何处黄莺唱几声，惊得月色顿分明。
晨风晓雾朦胧雨，泽润清词不了情。

山村四月

山村四月绿当家，道畔时悬瑞雪花。
目睹清幽神欲醉，村头枯树吐新芽。

南山松

独爱南山不老松，虬枝曲径叶葱茏。
花前月下风流聚，醉倒山中土地公。

杨兴贵

杨兴贵，1956年生，广安市武胜县人。现系武胜县诗词学会会员，广安市诗词学会会员，四川省老年诗词创作研究会会员，武胜县书法协会会员。

石　笋

突兀耸立矗云天，巨笋奇石秀壮观。
雪雨腥风何所惧，巍然挺立万千年。

穿岩曦月

独山傲立嵌曦月，玉兔双悬举世绝。
鬼斧神工凿巨穴，桥横洞孔过山车。

白坪采风

诗词学会百余生，夏日采风至白坪。
瑰丽风光如画卷，穷乡僻壤变新城。

《 杨应学 》

杨应学，1947年生，中师文凭。退休中学教师。诗词作品常在省市县展出，诗作曾刊于《中国诗词选刊》。

广安新歌

宕水㳠旎孕广安，西溪两岸换新颜。
小平故里人称颂，燕舞莺歌万众欢。

游前锋

四月踏青去，前锋路上行。
风光无限美，小镇变新城。

杨顺光

杨顺光，1940年生，大学本科学历。广安市岳池县委宣传部退休干部，现任广安市诗词学会副会长，岳池县诗词学会会长。

新农村即景

（一）
东风袅袅发春华，万点桃红映彩霞。
墟落琳琅迷凤眼，琼楼座座似皇家。

（二）
山乡雨霁泛珠光，雀跃莺啼紫燕忙。
野径芳菲槐影动，秋风又送稻花香。

赵昌帆

赵昌帆，1956年生，广安市前锋区人，退休干部。广安市诗词学会副会长，已发表诗词300余篇。

早 春

细柳丝丝绿叶新，桃花朵朵满园春。
西溪两岸歌嘹亮，独自悠闲乐此生。

袁子淇

袁子淇，笔名桉月，2000年生。多篇散文、现代诗及古体诗词在《星星诗词》《中国诗赋》《川东周末》等文学刊物发表。词作品荣获第三届"诗词中国"传统诗词创作大赛青少年分赛词组三等奖。

昔年葬花葬昔年

大地春发万叶枝，青山不再冷风嘶。
滴滴残泪封尘地，片片飞花入雨池。
此日一别将再遇，来年又见莫经识。
留得沉浸思卿顾，叶落花凋两不知。

骆首荣

骆首荣，现年 63 岁，广安市邻水县人，中共党员。四川省作家协会、四川省诗词协会会员，广安市诗词学会、广安市作家协会理事，邻水县作家协会副主席。

夏秀翡翠峡

盛夏亲临翡翠峡，崇山峻岭映红花。
翠竹摇曳迎新友，碧水轻歌煮绿茶。
信步闲游情更烈，赏心悦目景堪佳。
轻舟荡漾观飞燕，喜看顽石罩碧纱。

祥 云

祥云，1939 年生，广安市广安区人，退休干部，广安市诗词学会会员。

纪念红军长征胜利八十周年

千山万水远征行，日断炊粮咽草根。
炮火硝烟何所惧，枪林弹雨岂惊魂？
疆场驰骋杀敌寇，战地旌飞唤众人。
军号声声迎胜利，凯歌奏响庆新春。

钟先茂

钟先茂,广安市前锋区观塘镇八里村人,乡村执业医师,广安市诗词学会会员。

有感城南左岸风景区

丛林径处艳阳红,左岸雕栏荡柳风。
莫道冬寒无胜景,梅花绽放缀长空。

贺诗词学会二十周年

诗坛酒宴意难忘,老友新朋聚满堂。
把盏先询康健体,论诗再究律规章。
古稀胜似夕阳艳,花甲犹如少壮郎。
且借东风擂战鼓,飞花四溅罩霓裳。

壬辰迎春曲

花谢花凋自有时,春光媚色总成诗。
秋风有意催人老,岁月无情笑我痴。
往事浸心萦梦远,残章索句入帘迟。
黄昏已近抒长锦,好理霜鬓作钓丝。

贺兰苏苏

贺兰苏苏,女,甘孜藏族自治州泸定县人。广安市诗词学会会员,著有个人诗集《忆中时光》。

望 雁

远送孤鹰两目空,梧桐树下共秋风。
闻声又叹悲鸿影,早已苍凉面悴容。

两相逢

为有情深意也浓,姻缘始自两相逢。
心花怒放人如醉,哪管晨曦梦幻中。

柏学明

东湖漫步

漫步银城柳岸边,清风拂面自陶然。
幽幽曲径通花圃,片片长林触九天。
日照东湖翻赤浪,泉飞峭壁秀青山。
鸢飞鱼跃争相戏,月满西楼醉不还。

《李 革》

龙滩松芽

龙滩十里桃花香,几座高山茶树岗。
云彩飘浮青嶂里,红霞辉映绿涛旁。
紫砂壶涌碧波水,银针云裁玉女裳。
人间极品龙滩有,松芽醇味世无双。

来日前锋更迷人

前锋建区气象新,三年巨变惠人民。
水清街阔城衢洁,灯光楼高苑绿荫。
接踵摩肩人簇拥,张灯结彩店铺春。
工业园区歌声起,来日前锋更迷人。

潘成军

潘成军，男，汉族，广安市邻水县太和乡政府公务员。广安市诗词学会会员，热爱诗词歌赋联。作品常刊于《邻州文苑》《广安诗词》及《广安文艺》等刊物。

漂流白龙峡

风惹芭蕉绿浪翻，飞石顿破水中天。
御临滩险兴风雨，峭壁山高掩翠岚。
鹞跃长空啸带火，龙腾湖面水生烟。
银波泛起轻拔舵，飞溅雪花六月寒。

唐代富

唐代富，1942 年生，广安市武胜县赛马镇人，广安市诗词学会会员，武胜县文艺评论家协会会员，武胜县诗词学会会员。

赞广安诗词学会

伟人故里我家乡，毓秀广安好地方。
创建诗学其踊跃，邀约老友品华章。
百花齐放春色艳，二为方针世代扬。
硕果丰盈抒壮志，与时俱进创辉煌。

颂广安诗词学会

春秋廿载谱华章，汇聚诗歌似海洋。
妙笔生辉添锦绣，百花吐艳竞芬芳。
新生个个豪情放，老将人人斗志昂。
庆祝诗学今廿载，挥毫泼墨写华章。

唐友全

唐友全，1947年生，大专文化（函授）。广安市广安区水务局退休干部。现为广安市诗词学会理事，广安市老年书画研究会会员。

贺广安"诗学"廿年华诞

诗会扬名誉九州，骚人墨客尽风流。
仄平韵律音声美，字句言辞妙语优。
千万华章吟硕果，二十岁月唱丰收。
承传善变兴文化，曲赋诗词盛世讴。

格律有感

苦想冥思甚是忧，咬文嚼字仄平愁。
求真善变谈何易，近体新声更自由。

唐素兰

唐素兰，1948年生，中师文凭。1976年开始从事中学教育，目前已退休。爱好诗词，作品常在省、市、县级诗词刊物发表。

神奇大良城

摩崖造像俱神奇，巧夺天工举世稀。
洞窟神桥多壮美，刀兵战地更神秘。
一夫守隘金汤固，万将攻城炮火熄。
待到千年开放日，寰城筑梦建功绩。

广安新貌

瑶池玉液饮思源，走进巴蜀揽广安。
万丈高楼拔地起，一江宕水映蓝天。

银城美

鹰鹏展翅挑斜月，纵贯灵溪映碧辉。
廊曲亭巍叠楼宇，银城处处绽花蕾。

郭容甫

郭容甫，1930年生，广安市武胜县人，笔名印溪。现为中国书画艺术研究院研究员，果州诗社社员，广安市诗词学会会员。

华蓥山观感

华蓥秀色翠如兰，紫雾祥云罩碧山。
鸟语花香迎远客，泉声壑韵奏琴弦。
飞瀑玉带三千尺，直下龙潭映九天。
宕水滔滔红日灿，瑶池静静鸟鱼闲。
红岩壮士芳百世，宝鼎佛光照大千。
几代风骚文墨客，望风自叹忆桃源。

高其上

高其上,笔名方兴,1936年出生,广安市武胜县人。退休教师,广安市诗词学会会员。

新村颂

金城郊外看农家,庭院幽深秀色桠。
玉叶披霞添异景,金枝挂果满枝丫。
奇花异草香千里,燕舞莺歌乐万家。
锦绣田园歌不尽,和谐盛世大中华。

春游武胜嘉陵

三元岁启百花鲜,澍雨匀滋润草岚。
两岸青丝江上绿,五光粲色水中涓。
人逢盛世精神爽,户纳千祥笑颜添。
远望嘉陵飘彩带,双桥跨越两山间。

黄中成

　　黄中成，1950年生，广安市武胜县清平人，现为武胜县诗词学会会员，武胜县评论家协会会员，广安市诗词学会会员，四川省老年诗词创作研究会会员，武胜县老年人协会副会长。

美丽武胜我的家

　　嘉陵荡漾泛渔光，景色迷人百鸟翔。
　　武胜家园山毓秀，印山脚下水清长。
　　高楼密布新城美，绿树成行稻花香。
　　产业齐全多特色，旅游经济创辉煌。

赞新村

　　春游武胜白坪乡，现代新村引凤凰。
　　设计科学如画卷，和谐建筑胜华堂。
　　农家小院风光美，僻壤琼楼气势磅。
　　基础设施皆具有，家家户户喜洋洋。

黄青华

黄青华，1930年生，南充市西充县双凤乡人。中国乡土诗人协会会员，四川省诗词协会会员，广安市诗词学会会员，广安市武胜县文艺评论家协会会员。

蓬莱阁

缕缕香烟绕海滩，蓬莱古刹矗云端。
琼台玉阁成仙境，海市蜃楼映九天。
长岛吟诗歌伴舞，崂山日落水生烟。
八仙过海神通广，敢叫山河更壮观。

革命胜地红岩

千顷盆景映高山，鬼斧神工造自然。
起义红岩功业著，双枪老太盛名传。
华蓥烈士豪情壮，剿匪英雄斗志坚。
喜看今朝多变幻，巴蜀大地胜天坛。

秦雪秋

秦雪秋，1977年生，广安市广安区人。高中一级政治教师，广安市诗词学会会员。

回首廿年谋雅趣

心花怒放激情荡，学子同声斗志昂。
旧语陈词新意境，妙言稚句大篇章。
新诗旧曲吟声朗，古韵今声气势磅。
廿载春秋谋雅趣，繁花碧草尽芬芳。

谌贵轩

谌贵轩，高中高级教师，2010年9月被广安市广安区教育局表彰为"优秀班主任"，2016年被推荐为"广安市名师"。

廿载放歌成绩优

承唐继宋扬国粹，天宝物华竞志酬。
化雨东风催碧绿，新芽嫩叶满枝头。
欣逢盛世诗坛喜，安定乾坤墨客幽。
廿载高歌结硕果，诗词曲赋贺神州。

曹文芳

曹文芳，1978年生，广安市人。中国诗赋学会会员，广安市作家协会理事。其通讯作品曾荣获第12届"新世纪之声·美丽中国"征文大赛银奖。

当 归

秋末菊黄槭树红，云归采入篓篮中。
环纹细密根繁茂，脉络无瑕叶郁葱。
疾者食之寒意淡，姜郎品此暖思浓。
谁知岁月多磨砺，性本温和几度冬。

观岳池坪滩瀑布

四月赏丘山，坪滩果菜鲜。
深潭披雾幔，谷底绕岚烟。
浪溅抛珠玉，飞瀑挂彩帘。
春风扬绿柳，壮景醉人间。

游义香

游义香,1979年生,广安市人。四川省诗词协会、广安市诗词学会会员,广安市广安区作家协会会员,广安区政协文史研究员。

中 秋

一轮皓月枕清溪,遍地花香客醉迷。
桂酒斟来三五两,迎风把盏奏长笛。

渡 口

风戏柳枝浪打头,楼台久驻望归舟。
忽闻对岸箫声起,抵近方知细水流。

【 陶代伦 】

陶代伦，1966年生，广安市武胜县农旺村人。四川省诗词协会会员，广安市诗词学会会员，武胜县文艺评论家协会会员。已在各种杂志和网站上发表300多首诗歌。

沿口古镇半边街

半边街上半边房，碧瓦红墙傍大江。
曲径通幽石板路，容妆典雅古风香。

【 曾广全 】

曾广全，男，广安市代市镇人。华蓥市天池食品站退休干部，广安市诗词学会会员。

新世纪大新闻

中华崛起巨龙腾，国外传媒屡述评。
报道多达三亿次，宣传不下九千轮。
贫穷落后成历史，富裕当先勇创新。
往日豪强称霸道，而今美日也惊魂。

曾庆中

曾庆中,男,1937年生,广安市岳池县诗词学会会员,曾被评为岳池县"德艺双馨艺术家",作品曾在各级诗词比赛中获奖。

桑榆吟

自古人间重晚晴,丹霞缕缕缀缤纷。
今朝欲醉诗书里,错把黄昏当早晨。

晨游雨中东湖感赋

潋滟清湖缀雨花,环游柳岸挂轻纱。
尘嚣市井无踪影,旷性怡情赏晚霞。

【 曾昭泽 】

曾昭泽，广安市广安区人。广安区教师进修学校退休教师，广安市诗词学会会员。

贺《广安诗词》创刊二十周年

李杜诗坛万古稀，骚人世代俱称奇。
挥毫濡墨春秋写，锦绣中华舞彩旗。

【 蒋德贤 】

蒋德贤，1939年生，广安市人，初中文化，党员，公务员退休。广安市诗词学会、巴蜀诗社会员。

愚老敲诗

诗学古体细推敲，墨顶搔成玉脑勺。
木桶高低挑韵律，瓜瓢上下舀风骚。
诗坛偶见轻浮鸟，刊物常闻笨拙猫。
伞寿无名心不死，追寻韵律乐逍遥。

舒 华

舒华，网名绿叶，广安市华蓥市人，中学一级教师。四川省诗词协会会员，广安市诗词学会会员，华蓥市作家协会会员。

落 红

无奈春光墟里度，闲居幽谷品清茶。
落红昨夜成殇句，岂怨天公愧对花。

碧 桃

桃花万朵此时开，二月春姑巧手裁。
满院馨香蜂蝶至，流莺妙曲九霄来。

舒 毅

舒毅，笔名上轩，1987年生，大学本科毕业，中共党员，现供职于共青团广安市委。

贺市诗词学会二十周年

（一）
毓秀寰州强教化，骚坛猛将看诗家。
吟词作赋声优雅，研墨挥毫绘锦华。
近体华章争吐艳，奇言妙语竞朝霞。
春秋廿岁勤耕作，汗水浇开四季花。

（二）
春秋廿岁溢芬芳，老树新芽借笔扬。
淡墨浓情融锦句，频添雅意汇华章。
传承古韵吟经典，拓展新声诉慨慷。
漫舞诗花飞四海，薪传桃李涌前航。

再游前锋

独爱前锋秀，芳姿泣鬼神。
高山藏曲水，明月伴青云。
古寨留仙醉，新都绕客魂。

舒建明

舒建明，1964年生，广安市武胜县人，大学本科文凭，广安市档案局局长，在广安市书法家协会、摄影家协会、诗书画院兼职。

兰台寄情思

昔日兰台说旧事，今朝伏案谱新篇。
悠悠岁月云烟里，浩浩乾坤纸墨间。
载继文明游瀚海，承传历史话桑田。
闲情雅趣甘恬静，乐对人生自泰然。

漂流涞滩河

秋高气爽意犹佳，踏浪飞舟鹫谷峡。
魄散激流穿洞过，心怡水静荡天涯。
身居要处须沉稳，位落低洼忌躁哗。
跌宕起伏何所惧，人生淡定绽奇葩。

蒋定兰

蒋定兰,1941年生,广安市武胜县中心镇人。广安市诗词学会会员,武胜县文艺评论家协会会员,武胜县政协诗书画院诗词委员会会员。

游龙女湖

(一)

龙女湖清景色幽,迎来远客荡轻舟。
湖中小岛生渔火,岸上风光不胜收。
戏水鸳鸯翻细浪,啄鱼鹣鹭解饥愁。
亭台庙宇遥相映,袅袅香烟绕紫楼。

(二)

傍水依山好壮观,长廊湖畔似飞仙。
和风丽日驱云散,不染尘埃蔚九天。

(三)

湖面荡轻舟,俨然画上游。
春风拂碧水,杨柳戏高楼。
桥上车飞渡,湖中鹣竞讴。
嘉陵风景秀,雁过再回头。

蒋慕鸿

蒋慕鸿，广安市华蓥市人。

春夜喜雨

晴天霹雳响春雷，凿漏银河玉液飞。
沐浴桃花千万朵，招来紫燕满巢归。

蒲亨银

蒲亨银，男，1957年参加工作，1997年退休，广安市诗词学会会员。

豪情迎接十九大

长江滚滚往东方，朵朵葵花向太阳。
继往开来十九大，丰功伟绩万千行。
丝绸古道和谐路，新兴理念盛世昌。
万里河山铺锦绣，中华崛起创辉煌。

谢宗福

谢宗福，1963年生，广安市前锋区人。现任广安市前锋区代市中学教科室主任，广安市诗词学会理事，《当代教育文论》《教育科学》特约编辑。

贺市诗词学会二十年

弹指一挥已廿年，诗朋词友喜无边。
高歌颂赋群情奋，朗口吟诗众笑颜。
前辈扶苗苗助长，后孙品果果香甜。
唐音宋韵寰城唱，古调今声荡九天。

广安廿载诗坛馨

少壮读诗倍感亲，勤学苦练是核心。
师生动手同粘对，校友挥毫共写春。
代市中学结硕果，前锋大地育新人。
渠江两岸风光好，万水千山总是情。

明月场巨变

（一）
寺后建花园，骑游路道宽。
鲜花香万里，旧镇换新颜。

（二）
渠河筑保坎，大道绕江边。
广场明灯亮，鲜花映眼帘。

谢慧玲

谢慧玲，女，1978年生，广安市前锋区人。高中语文高级教师，广安市代市中学总务处副主任。前锋区民盟"先进个人"，前锋区"优秀妇女工作者""巾帼教学能手"。

廿载奋斗景色新

廿载勤耕景色新，兴文路上踏征程。
吟坛老友多佳作，校内新苗秀锦文。
曲赋诗词金光闪，新声古韵吐芳芬。
轻歌曼舞賨城调，碧水蓝天映彩云。

【 熊　浩 】

熊浩，男，1938年生，广安市广安区人，退休干部，广安市诗词学会会员。

小平故里广安城

伟人故里广安城，此日重游面貌新。
小巷窄街成大道，荒丘野岭变园林。
鲜花笑惹蝴蝶恋，绿树招来百鸟停。
日暮黄昏难取舍，流连忘返醉销魂。

【 熊开琼 】

熊开琼，女，1981年生，广安市广安区人。高中语文一级教师，广安市诗词学会会员。

廿年风雨千帆渡

雅趣同声聚艺坛，韶华廿载入文坛。
浪打风吹千帆渡，阳光雨露四海连。
绿韵仄平吟大雅，诗词曲赋育英贤。
骚人聚首渠江畔，玉藻千篇展眼前。

熊廷荣

熊廷荣，1938年生，广安市广安区人，从事行政工作多年，退休干部。广安市广安区政协文史研究员，广安市诗词学会常务副会长。

崛起，中华！

泱泱大国乃中华，血脉炎黄系万家。
不惧强敌扬四海，非欺弱小走天涯。
飞舟巨舰防贼寇，利箭钢刀保疆涯。
笑语欢颜歌盛世，高天丽日映红霞。

广安诗词学会廿岁生日志庆

廿岁风华正茂年，奇葩万朵竞芳妍。
诗坛共契兴唐律，艺苑同吟颂广安。
仄仄平平粘对巧，承承继继篆章严。
渠江荡漾诗潮涌，濡墨挥毫撰锦篇。

颜学宽

颜学宽，1946年生，广安市武胜县旧县乡人。四川省诗词协会会员，四川省老年诗词创作研究会会员，广安市诗词学会会员，武胜县文艺评论家协会会员。

年华莫枉度

年怕中秋月怕半，人生苦短莫贪婪。
今宵皓月谁能共，往日时光岂可还？
天若无情人易老，人如懒惰事成难。
留得健壮强身在，岂怕明朝少米盐。

龙女湖上飞二桥

龙女湖中白鸟嚣，清清湖水荡双桥。
南来北往车如雨，东岸西山燕似潮。
万盏霓虹辉月夜，千层大厦耸云霄。
虽说武胜今宵好，明日山河定更娇。

渔歌唱晚几时还

黄昏落日半江烟，撒网嘉陵彩浪间。
大雁悲鸿何处去，渔歌唱晚几时还。
夕阳落幕鱼舱满，皓月当空夜已寒。
醉在船头观月影，秋风荡起水中天。

谭可与

谭可与，1925年生，笔名无咎子，广安市武胜县烈面镇人。中国文化研究所研究员，广安市诗词学会会员。

太极湖畔

细柳长丝泛碧波，春风阵阵伴渔歌。
南来北往人留步，赏罢湖光转玉阁。

白　杨

挺立巍峨耸云霄，昂首蓝天意气豪。
不惧霜寒和雨打，根深蒂固岂能摇？

雷厚国

雷厚国,广安市华蓥市人。广安市作家协会会员,广安市诗词学会会员,《红杜鹃》兼职编辑,已连载、出版长篇小说4部,发表诗词近百篇。

明月场

满目青山罩艳阳,烟波浩淼掩楼房。
隔江眺望新明月,往事胸中久不忘。

四月枇杷熟

四月芳菲尽,枇杷早已熟。
山中花正茂,树上鸟筑屋。
梦恋家乡土,魂牵故里族。
人间添秀色,享尽祖宗福。

橘花雨

院内橘花雨,瓢泼至玉舫。
子夜秋风劲,刻意扫残香。

雷敬中

雷敬中，1939年生，广安市武胜县新学乡人。广安市诗词学会会员，武胜县文艺评论家协会会员，武胜县政协诗书画院诗词委员会会员。

农家宴

鸡伸脖颈仰天鸣，水上黄鸭展翅腾。
美味盘中香气溢，饮尽三杯赋诗吟。

乐途采风

（一）

诗词学会百余人，夏日采风到白坪。
瑰丽风光如画卷，穷乡僻壤变新城。

（二）

耄耋暮岁返童真，慕访乡间美丽村。
广厦环拥凝瑞气，堪如蜜月度青春。

戴邦元

戴邦元，1948年生，重庆市永川区人。大学本科文凭，从事行政工作多年，已退休。广安市广安区作家协会会员，广安区政协文史研究员。广安市、广安区政协诗书画院会员，四川省诗词协会会员，广安市诗词学会副秘书长。

赞成轩会长

良师益友人称赞，善政博文尚自然。
艺苑奇葩香万里，吟坛老将走千山。
诗词曲赋堪佳作，著述华章俱妙言。
"学会"广安天地阔，明朝定会胜今天。

老　农

山上养牛园种花，田间果菜坎桑麻。
嘴叼烟袋心中乐，喜看藤苗长嫩芽。

贺广安"诗会"二十年

广安诗会二十年，铸就华章数万篇。
古调新声词曲美，清风雅韵展英贤。

公仆赞

一身正气更清廉,两袖清风不占贪。
义胆忠肝名利淡,芳名史册驻人间。

【 李宗辉 】

李宗辉,1964年生,曾任广安市广安区消河乡乡长,现任广安区委宣传部副部长,精神文明建设办公室主任,广安市诗词学会会员。

青龙湖览胜

青龙湖水荡幽谷,滚滚清泉举世独。
世外桃源仙境地,青山绿水诱神佛。
黄昏袅袅炊烟起,暮色茫茫皓月出。
远望灯塔星闪烁,波光耀眼楚天舒。

第二篇章

琴瑟词曲

丁智力

丁智力，男，1977年生，广安市广安区人。广安市委常委办公室副主任，广安市作家协会会员，广安市诗词学会副秘书长，《广安诗词》编委，广安区作家协会会员。

一剪梅·青龙湖秋景

小棹轻舟荡水清，半网歌声，半网鱼鳞。风摇树摆戏残云，岸上花馨，水上花痕。　　酒饮微熏卧江亭，已是黄昏，玉带波纹。扬帆把舵赏孤灯，丹桂方芬，月已西沉。

长相思·望故乡

海茫茫，水茫茫，游子天涯去远方。却难见爹娘。
盼断肠，望断肠，梦里常思清水塘。何时归故乡。

万文忠

渔家傲·武胜看龙舟

夏日熏风春草旺，人山人海欢声荡。浪涌嘉陵江面壮。心神旷，龙舟竞渡豪情放。　　号令一发开了桨，浪花飞溅旌旗上。奋力冲前如猛将。真漂亮，酒醉憨鸭争先抢。

马 福

马福，广安市武胜县人，1954年生，曾任广安市文体局局长，邓小平故居管理局局长。

念奴娇·游华蓥山大峡谷

洞天飞瀑，玉珠溅、细流涓涓垂帘。望月山前彩练泻，狂舞飘然闯滩。落石镶峡，天开一线，石笋撑危岩。悬崖攀栈，抚腰仰望惊叹。　　欲借马良神笔，绘山涧玉带，清清山泉。构架天梯，依绝望、扶摇直上云天。神驭东风，峰峦争额手，踏歌云闲。昂然回首，风光绝顶惊看。

陈明道

陈明道，1930年生，广安市人，青海石油管理局退休干部。中华诗词学会会员，广安市诗词学会会员。

满庭芳·小平故里巨变

地图翻开，贫穷大县，万里牵动中央。改革开放，国已渐兴昌。世纪伟人故里，当奋起、勇创辉煌。卅年过，协兴巨变，处处闪金光。　　华蓥生瑞气，滔滔篆水，孕育家乡。沃土三千里，上下繁忙。建设城乡并进，高速路、直上天堂。人间美、神仙羡慕，织女嫁牛郎。

【 木 子 】

水调歌头·建军九十年

　　战火南昌起，石破顿惊天。刀枪铁斧挥舞，大地漫硝烟。建立人民军队，驰骋大江南北，勇猛斗敌顽。万里长征路，越过鬼门关。　　渡赤水，走天险，上延安。雄狮数万，沙场驰骋保家园。红色政权成立，捍卫国家利益，建设好河山。走进新时代，壮志震云天。

粉蝶儿·知足常乐

　　矢志余年，乐为抚苗助长，满园香、笑颜孤赏。望渠江、看篆水，晚风拂浪。赋诗吟、心境蓦然坦荡。　　知足常乐，春久驻更舒畅。好风光、气清人爽。唱辉煌、歌盛世、百花齐放。万家欢、华夏九州兴旺。

刘廷选

玉楼春·离别

年年月月长相伴,此刻离别心好乱。床头辗转梦难眠,缕缕情丝何剪断。　君当莫把吾相怨,纵是天涯心未变。离合聚散世平常,阻断银河星不散。

刘奉先

采桑子·锦绣白坪

田园锦绣山河美,岁月如春。五彩缤纷,科技兴农五谷登。　城乡一体雄风展,万众欢腾。商贾繁荣,美丽乡村看白坪。

刘于均

鹧鸪天·漫步西溪河

早沐春阳雅兴多,闲暇漫步西溪河。西山挂彩风拂袖,倒映河中水泛波。　贤妹妹,帅哥哥,林荫树下对山歌。夕阳落下升明月,把酒三盅伴玉娥。

任华成

行香子

诗会广安,雄踞吟坛。春秋替、整二十年。百花竞艳,尽在诗刊。墨客骚人,传帮带,谱新篇。　挥毫泼墨,诗书为友,写华章、乐在其间。采风观景,山水田园。广安诗会,出佳作,展英贤。

阳圣明

醉花阴·銎城之春

又是一年春已到,浩宇云飘渺。百鸟满枝头,桃李争妍,遍地风光好。　公园少小忙奔跑,伴舞翁媪跳。莫道女儿娇,淡抹红妆,胜似花枝俏。

孙永慎

沁园春·代市钟鼓楼

遐迩蜚声，远近闻名，古迹珍稀。望巍巍栋宇，云霄耸立；朱楼木柱，典雅如妁。翘首飞檐，风格独具，岁月沧桑举世奇。招人慕，看闲暇游客，四季云集。　　小镇千年沉寂。平日里、钟声递讯息。每时辰整点，宏音悦耳；突发事紧，久撞趋疾。遇险逢灾，犹如号令，四面八方定告急。虽苍老，但依然道貌，万众风靡。

何维政

江城子·广安诗词学会二十年

九七建会谱新章，两茫茫，政协帮。聚首城南，九老议会章。从此广安诗社起，金秋爽，翰墨香。　　拜师访友聘贤良，启轩窗，引长航。创办诗刊，律韵谱三江。承继文明弘国粹，经廿载，正辉煌。

李春樑

李春樑，男，1957年生，广安市广安区人，高级教师，四川省诗词协会会员，广安市诗词学会会员。

忆秦娥·红足赛
——贺广安市希贤学校获全国红军小学首届"红星杯"校园足球赛冠军

艳阳照，足球场上欢声笑。欢声笑，你追我赶，鼓笙喧闹。　　红足赛场云飘渺，球员个个精神好。精神好，希贤学校，喜传捷报。

鹧鸪天·缅怀小平

夜雨飘洒雷声沉，苍天落泪祭英灵。留苏赴法寻真理，起落三回举世惊。　　狂澜挽，定乾坤。神州万里满园春。一国两制开先例，历史长河负盛名。

吴绍模

满庭芳·贺广安诗词学会二十年

古典诗词，光芒万丈，历史源远流长。曲词诗赋，各自显辉煌。唐宋明清两汉，百花放，遍地芬香。文坛内，明星云集，佳作永流芳。　　市诗词学会，耕耘廿载，播种栽秧，结成果累累，功绩优良。矢志继承传统，天地阔，任我翱翔。豪情涌，歌吟盛世，抒写美华章。

张向红

满庭芳·广安诗词学会二十年

丹桂飘香，凤林凝色，西来渠水匆匆。广安学会，欢庆喜情浓。紫气东来紫舞，赞歌起、婉曲凌空。艳阳照，彩旗漫卷，万紫复千红。　　挥毫描盛世，华文荟萃，墨客相逢。画堂写春秋，满目葱茏。翠阁填词作赋，深深意、椽笔无穷。风帘拂，诗于酒兴，吟醉笑谈中。

【 张成鹄 】

满江红·小平诞辰110周年

旷世英豪,一儒将,名扬世界。忠义胆,扶危济困,勋留史册。挺近中原敌破胆,挥师鲁豫邯郸克。战淮海,解放大西南,敌军灭。　　除恶害斩妖孽。勇开放,雄韬略。改革春风送,满园春色。统一山河疆域固,中华铸就千秋业。享太平,四海五洲欢,民心悦。

【 杨方忠 】

鹧鸪天·广安诗词沐雨经风二十年

沐雨经风二十年,迎来诗会艳阳天。賨城结社萌新笋,作赋吟诗凑律弦。　　凭舵手,引航船,传承国粹扬风帆。借来滚滚渠江水,任尔挥毫写大千。

张敬之

张敬之,62 岁,广安市邻水县原政协副主席,广安市诗词学会副会长,已发表作品百余篇。

临江仙·八一抒怀

环球千年第一师,八一军旗飘扬。披肝沥胆卫国强。威风慑敌胆,豪气贯疆场。　钢铁长城世界殊,英雄铸造辉煌。劲旅追逐中国梦。军事科学化,全民奔小康。

喜朝天·赞精准扶贫

精准扶贫,春风扑面,农家建设新村院。扶贫扶志促发展,资金项目打捆干。　藏富于民,治国高见,党的政策人人赞。改革成就共分享,和谐社会定实现。

杨宗润

鹧鸪天·吟诗抒怀

静夜灯前苦琢磨,寻词觅句写诗歌。锤言炼句毫挥舞,月照西楼醉眼搓。　　书盛世,写生活。神州处处好山河。人民富裕国强盛,社会和谐喜事多。

颜学宽

沁园春·武胜变迁

汉初佚名,千百春秋,世代苦寒。历沧桑雪雨,饱经苦难;茅庐漏瓦,破烂衣衫。定远迄今,年逾六百,几度灾荒疫病繁。群愤起,欲推翻封建,惨败凄然。　　云开雾散晴天,得解放、人民苦变甜。逢改革开放,突飞猛进;城乡面貌,改换新颜。五谷丰登,辉煌栋宇,水秀山青天更蓝。嘉陵美,武胜风光好,世盛人欢。

【 祥 云 】

鹧鸪天·毓秀新村

柳暗花明景色新，桃红李白吐芳芬。山乡面貌容颜改，笑看人间处处春。　观念转，跨征程，全民动手小康奔。山川毓秀多壮美，夜晚山村更醉人。

【 赵昌帆 】

南歌子·赏雪

岭上云似盖，眉间未锁痕。山中叶嶂隘乾坤，似梦牵魂悠尽伴昆仑。　雪落愁肠路，天寒阔海浑。平川四野绕纷纭，落尽琼花无累洗纤尘。

【 杨洪福 】

西江月·荷池夜色

墨染长空池暗，夜来云散河横。一轮玉镜挂天庭，淡淡清辉桂影。　月映芙蓉倒影，天然锦绣图屏。恋人对对傍花亭，画里尤添美景。

胡贤翼

胡贤翼,广安市二中退休教师,中华诗词学会、四川诗词研究会、广安市诗词学会会员,广安市诗书画院诗人,广安区作家协会会员。

最高楼·春

风暖拂,悄雨半含羞,一夜绿枝头。匆匆麦绘千畴绿,忙忙春孕万山柔。淡烟轻,泉碧透,戏鸭泅。　　夹岸柳丝斜阳映碧,笑送彩鸢凌空比翼。桃花茂,李花稠。黄鹂花下相偎双翅,娥眉叶后泛春愁。嗅桃红,亲李白,露娇羞。

王启福

一剪梅·乡野春景

四月黄花遍地香,一路芬芳,布满山乡。村村寨寨筑新房,雀语高亢,展翅飞翔。　　桃李争镶杏缀黄,雁往南方,紫燕回廊。满园秀色好春光,淡雅浓妆,锦绣辉煌。

春 雨

春雨，1938 年生，广安市广安区人，退休干部，广安市诗词学会会员。

鹧鸪天·喜庆建党九十六周年

百载春秋弹指间，艰难困苦志更坚。科学发展国强盛，反腐清廉育后贤。　歌盛世，舞翩跹，人民昂首笑开颜。神舟大地花如海，万里河山锦绣添。

钟先茂

鹧鸪天·"诗学"二十年

廿载精心桃李栽，园中绿树正花开。迎来硕果丰收日，对酒当歌情满怀。　多志士，展英才，华章美妙胜蓬莱。诗成老友词知己，共筑吟坛大舞台。

高愫锢

高愫锢，1964 年生。喜欢文学创作，偏爱古诗词，为广安市诗词学会秘书长。

浣溪沙·新春祝福

惬意抒怀我欲歌，心欢点键韵成河，深情厚谊寄君哥。举目天蓝云朵朵，低头地绿雾陀陀，花间少女舞裙罗。

鹧鸪天·踏春

岭北枝芳碧草茵，风光秀丽四时新。春回大地花千树，月满人间万盏灯。　　舒广袖，舞真情，奇葩异卉吐芳芬。遥斟曲赋吟诗韵，鼓乐笙箫奏太平。

采桑子·初春风光

东风抚袖舒清雅，天地殷殷。福禄盈盈，鸟语花香景诱人。　　烟波浩渺成一色，琴醉诗音。风蒻丝巾，誉满神州盛世春。

【 高其上 】

鹧鸪天·莲藕

宝塔新村映眼前，无垠片片藕相连。秋来夏去荷塘静，藕裹肥泥正醉眠。　　枝叶碎，径亦残，吾将梦醒跃泥潭。洁身净体堪如雪，玉帝神仙也垂涎。

【 梅雪琴 】

沁园春·赏白坪

走进新村，绿叶青枝，春色满园。百花齐绽放，千红万紫，亭亭玉立，笑傲霜寒。舞姿翩翩，喜迎远客，风送馨香润肺肝。农家院，主客同欢乐，笑语连连。　　秋风落叶凋残，独桂傲、橘黄果正甜。待到寒风起，霜浓冷艳，幽香影舞，不见朱颜。又是春天，花开小院，紫燕回廊客再还。游人醉，把盏吟诗赋，胜似天仙。

郭容甫

桂枝香·水乡街子

登舲远目,正北国晚秋,气序初肃。十里长滩镜练,双桥渔网,老夫漫钓霞阳里,蔽长空、烟缭云舞。峻山藏虎,公孙石像,画图千古。　忆往昔艰难困苦,叹岁岁年年,饥寒无助。几度灾荒远去,盼来丰裕。三滩三步明珠夜,看今朝、城乡皆富。渔樵歌晚,春风杨柳,自然和睦。

游义香

青玉案·芳华谁可恋

落红飞舞青丝乱,蝶蜂怨、烟尘远。堤上莺啼娇语啭。清风摇落,新愁一段,怅绪何人管?　罗裳溅泪更阑晚,指破弦伤寸肠断。瘦怯芳华谁可恋?狂书醉墨,暗香拂面,无语遐思漫。

曹文芳

鹧鸪天·盛世颂

雾散云开碧水清，降妖斩魔肃奸臣。披星戴月除民害，反腐倡廉快人心。　　匡正义，守清贫。柔情剑胆献忠心。民安世盛国强盛，史册留名裕后昆。

袁子淇

蝶恋花

雨霁初阳斜照影，独忆江亭，孤燕寻青荇。栖落浮枝圈水醒，息声远去归云岭。　　洗盏慢酌空对饮，沽酒虚樽，犹记赏余景。南浦君离珠泪滚，怀桔折桂情难定。

蒋德贤

沁园春·广安"诗学"廿年庆

自入诗门，聚首賨城，岂论夏秋。走天南地北，拾珠采玉，推词炼句，喜获丰收。丹桂飘香，梅花绽放，作赋吟诗雅韵流。擎椽笔，与旧朋新友，拈韵争遒。　　国学造旨深幽。却几个、诗家竞自由。喜老兵新将，俊男才女，各抒文采，志和情投。筑梦诗坛，讴歌篆水，放眼千山驾远舟。烟波里，看夕阳更艳，我自独悠。

熊　浩

鹧鸪天·广安诗词创刊二十年

碧草茵茵染绿洲，日新月异二十秋。浇花育树发新叶，惠雨诗田硕果收。　　寻雅韵，放歌喉。弘扬国粹永追求。图文并茂诗刊美，百尺竿头再创优。

熊异明

熊异明，1962 年生，广安市前锋区虎城乡人，广安市诗词学会会员。词作被《中华六十年诗人大典》《中华词诗家志》等收录。

生查子·寻春

廊桥逝水流，绿树缠云雾。夜半起风声，大雨倾如注。
春姑几时来，伴我良宵度。把酒饮三杯，好上寻春路。

清平乐·小草

跻身大地，赏尽人间曲。此岁凋零来岁茂，万古依然翠绿。　田园地角深山，一生默默无言。不管风吹雨打，任凭酷暑严寒。

王启明

浣溪沙·贺学会二十年

旭日阳光照广安，诗词学会谱新篇，闻名遐迩九州传。
宕水滔滔化作墨，挥毫潇洒写明天，新朋老友赛诗仙。

熊廷荣

一剪梅·乡野春景

万树花开遍地香,百鸟啼鸣,锦绣山乡。缤纷彩画眼花缭,布谷高歌,蜂蝶寻芳。　　绿水青山野花黄,北雁南飞,紫燕归廊。山村春色醉新人,喜笑颜开,满目春光。

鹧鸪天·读毛主席诗词赋

大气磅礴举世闻,豪言壮语扫残云。晴天霹雳乾坤转,博览群书晓古今。　　抒壮志,显英明,文韬武略蕴经纶。风流人物谁能比,众志成城泣鬼神。

王化明

长相思

赏自然,恋自然,梦醒时分午夜天。痴情热泪涟。夜雨绵,细缠缠,几许相思几许烦。何时聚首欢?

戴邦元

长相思·咏雪

梅花飘,雪花飘。大雪纷飞挂树梢,江山如此骄。
风萧萧,雨萧萧,雨打芭蕉柳树摇,寒梅独领骚。

长相思·故乡

念故乡,盼故乡。盼到青丝挂白霜。他乡望断肠。
情也长,意也长。何日归家见老娘。思乡泪眼汪。

艾 诗

艾诗,男,1939年生,广安市人,退休干部,广安市诗词学会会员。

画堂春·振兴中华

贫穷落后盼国强,民族向往何方?华夏儿女志昂扬,不负炎黄。　　建立人民政府,艰辛创业辉煌。神州大地胜天堂,四海名扬。

第四篇章

新声诗歌

万大成

长征颂

八一战旗迎风展,南昌起义响天地;
突破五次大围剿,八万红军出江西。
白军云集如蝼蚁,拦截尾追步步围;
千里荷枪走黔山,四番迷敌渡赤水。
七舟抢渡金沙江,万马直奔安顺场;
彝汉结盟过绝域,民族政策谱新章。
大渡河中浪花激,泸定桥上弹雨穿;
二二勇士叩雄关,熊熊烈火赤县天。

骡马盘旋步履艰,雪飞雹打夹金山;
铁流滚滚层峦破,壮士攀登只等闲。
风雨泥泞地振荡,饥寒疲倦身摇晃;
草根皮带充饥餐,抗日英雄仍北上。
腊子口唯一路通,四团战士勇猛攻;
会宁会师红旗舞,立马六盘山葱茏。
清漪延水濯长缨,灯火昼夜明窑洞;
山河遍洒英雄血,润沃繁花烂漫红。
迢迢漫漫长征路,屈指行程二万五;
勇士当年脚踏过,红军长征亘万古。
今日续走长征路,十三亿人气若虹;
祖国昌盛富万民,中国梦圆展雄风。

万光鑑

万光鑑，男，1963 年生，广安市广安区人，现在广安市前锋区教育科技体育局工作，任广安市政府督学、前锋区政府专职督学，前锋区文联副主席，广安市诗词学会会员。

美丽华蓥山

你是那样的湛蓝，
你是那样的清爽。
你是那样的淳朴，
你是那样的馨香。
你是那样的雄奇，
你是那样的酣畅……
鲜花盛开，
绿草闪亮。
游客如织，
行人倜傥。
高楼林立，
百姓安康。

你，婀娜妩媚，
有说不出的惬意。
你，亭亭玉立，
令人心驰神往。
啊，美丽的华蓥山，
你传播了革命的圣火，
你照耀着我们前进的方向！

尹才干

尹才干，1962 年生，广安市武胜县人，中国诗歌学会会员，四川省诗词协会格律体新诗创研会副会长，四川省作家协会会员。

高低坑瀑布

是梦幻？还是现实
飞流直下三千尺，
那是唐诗的高度
九天银河
那是诗仙李太白的
酒后狂言。千日风霜
万里之途，怎能挡住我
向往坪滩高低坑瀑布
朝圣般一平一仄的脚步
三三两两，老老少少
瑶池仙女，岳池凡夫
为我接风洗尘。举起
高脚杯，要我将——
"天上瑶池，人间岳池"
这句广告词，一饮而尽
坪滩高低坑瀑布，不容置疑
否则，自费佳肴与笑声
我，聆听过壶口瀑布

我，拥抱过黄果树瀑布
我，畅饮过庐山瀑布
还没见到坪滩高低坑瀑布的
影子，就已醉得一塌糊涂
瀑布，还没进入眼帘
声音，早已充耳
好像，林间寺庙飘出的
洪钟之声，又似深谷中
虎啸猿啼的多重演奏
忽然，山路拉开幕帘
高低坑瀑布，闪亮登场
如飘渺云烟，却是
青山的一道银幕
不知上演了多少故事
如薄雾轻纱，却是
悬崖上一座珍珠屏帐
不知帐后如何运筹
仰视，悬崖上这匹阳光下的
思绪，在同类中显得娇小
但，想象不再孤单
谁能看懂，悬崖空灵的
心事。谁能听懂白练唱的
歌谣。但我心灵的甬道上
始终往返着如歌的行板
高低坑瀑布啊，您
迷醉多少岁月，有多少人
为你驻足折腰
青山默然，为何此瀑布
生于瑶池，却落岳池？

花伞旋转,转出
美女水灵灵的绿意
给我的心空撑起荫凉
咔嚓、咔嚓,一个个
心灵的镜框,将我的惬意
定格、定格

王 农

王农，1934年生，南充市西充县人，先后在南充军分区、武胜县人民武装部、县经济贸易委员会、县政府办公室任职。

太空之吻
——首次载人航天交会对接圆满成功

神九，神九，飞上太空旅游
去会久别的恋人，相约在天宫握手
"天宫一号啊，你在哪里
我找了很久，很久……"
"快来哟，亲爱的神女
我在太空默默静候"
"我带来三位乘客
都是航天高手
他们要探访宇宙奥秘
驻进你家短暂停留"
"好哇！让我们慢慢靠拢
瞄准目标轻轻接头
比翼双飞，俯瞰地球……"
吻吧吻吧，让你俩吻个够
吻出深情，吻出智慧，吻出国力
吻出军威，吻他个天长地久。
啊！这太空之吻

是千年梦想的不懈追求
是实现太空建站的前奏
这神奇一吻
是航天员用生命书写的精彩
这奇迹的一吻
让古老的中国威震四海五洲

【 王启福 】

心醉华蓥

层峦叠翠，
山伴烟云沉睡。
千仞欲坠，
林海留痕游击队；
喊杀声震，
顽敌胆碎。
叹斗转星移，
日月轮回，
山河早易位。

而今华蓥惹人醉，
绚丽城郭忒娇媚。
峰腰公路萦带，
腹地厂房环卫；
农田重安排，
蔬果如金贵，
腾飞经济聚百汇。
华蓥跃上新台阶，
国富民强歌盛岁！

王化明

想 念

想念,夜间田野的蛙声;
想念,悠悠村落的鸡鸣;
想念,明珠翠湖的碧波;
想念,玉带渠江的荡漾;
她只是河流过城镇,
小鸟唱出的诗情画意!
她只是斜阳照村落,
白云映出的自得悠然!

想念,陆游广场的幽幽墨香;
想念,清幽金城的竹海险峰;
想念,孔老夫子的谆谆教导;
想念,双枪老太的英勇豪情;
她只是山光弄春晖,
风骨赛金玉的意犹未尽!
她只是幽雅见凝重,
柔美斗刚健的兼容并蓄!

想念,汇成一首歌,
吟唱在游子心中,
想念,凝聚一盏灯,
指引着回家的路,

想念，是孤独脆弱时的心灵依傍，
想念，是佳节思亲时的黯然神伤，
想念，是远在千里的思思念念，
想念，是近在咫尺的争争吵吵！

王显才

王显才，1953年生，广安市武胜县农旺乡人。广安市诗词学会、武胜文艺评论家协会、武胜县政协诗书画院会员。

致情人节

九百九十九朵玫瑰
加一朵——送给你
不用细数
只需会意
牵手一生
不再重复单调的过去
无论身处异域
还是夜夜相伴相依
一种相思
总把你我浇铸在一起
一束玫瑰表寸心
何愁婵娟在千里
纵然不能终日相拥
也能感受到浓情蜜意
你把我存入脑海
我把你藏在心底
我变成八百岁老翁
你变成八千岁老妪
风雨人生路上始终
没少过我，没少过你

收不到一个热吻
听不到一声"爱你"
可在你我至死不渝的心中
你仍然懂我
我仍然懂你

【木 子】

春夏秋冬

春

温馨
百鸟鸣
蝉儿声声
听松涛阵阵
长空蓝天白云
万物复苏大地风清
百花齐放竞争春
水绿山更青
日耀黄昏
尽芳芬
温馨
春

夏
如画
日高挂
放眼天涯
遍地是庄稼
笑问农夫在忙啥
种豆得豆种瓜得瓜
红花绿叶满山崖
驻足饮杯凉茶
赏人生年华
星缀月牙
灯万家
如画
夏

秋

丰收
月如钩
蛙鸣不休
看田间地头
人群穿梭如流
晒场谷粮堆成丘
喜也悠悠乐也悠悠
年复一年度中秋
月圆嫦娥舞袖
品佳肴美酒
高歌一首
信天游
丰收
秋

冬

朔风
催梅红
不老青松
傲立冰雪中
巍然挺拔从容
会当凌绝望长空
飞雪迎春其乐无穷
待到千里雪消融
蓝天碧海彩虹
尽在不言中
星月重逢
夜朦胧
朔风
冬

【 艾华坤 】

沿口古镇

悠悠的嘉陵江畔，
坐落着一座小城，
依傍在雷家梁下，
那就是沿口古镇
美丽的沿口古镇，
你让我魂牵梦萦。
虽早已是旧貌新颜，
却难忘儿时的光阴。
老码头的熙攘，
半边街的幽静；
十字街的繁华，
灯草巷的美景。
嘉陵江边看龙船，
三八食店品米粉。
川剧场里赏花脸，
千佛寺内拜神灵。
小河溪中捉鱼虾，
贾家岩上观浮云。
滴水崖下望瀑布，
寿福学堂听书声。
看如今你英姿勃发，
走上新时代的征程。

生命如风

一个微笑就够了

一个微笑就够了
如春日的和风
吹绿了片片的山野
滋润了荒芜的心灵
却留下阵阵的香馨

一个微笑就够了
如夏日的雨滴
带来了阵阵清凉
抚慰着干涸的田园
花开一季芳芬

一个微笑就够了
似秋日的天空
漂流着朵朵白云
沉寂了浮躁的思绪
心儿不再彷徨

一个微笑就够了
胜冬日的暖阳
温暖着闲暇时光
陶醉了一杯清茶
尽情释放灵魂的光芒

皮宗福

皮宗福，1945年生，广安市岳池县大石乡人，1985年参加工作，2005年退休。中国曲艺家协会会员，广安市诗词学会会员。

现代精神播欢欣

代市虎城关塘镇，
现代农业跨征程。
项目建园拓新路，
市场运作八方迎。
公司经营滚动进，
基础设施配套行。
围绕新村托产业，
互动相融展万能。
三万亩地兴科技，
五彩缤纷惠万民。
人居环境得改善，
党员干部素质升。
园区提档抓拓展，
乡村旅游面貌新。
前锋农业示范园，
现代精神播欢欣。

刘和泉

刘和泉，男，1967年生，广安市广安区人。广安区悦来中学办公室教研员，高级教师，广安市诗词学会会员，广安区作家协会会员。

岁月的痕迹

当青春在季节里歌唱
我从孤独中走过
当风雨在窗外飘落
我在寂寞中欢乐
那些写意的时光
陪我一起度过
那些落寞的日子
似一阵风飘过
我没有留下什么
也没有遗憾过
曾经年少的我
纯真比什么都多
这一串串痕迹
在回味中穿梭
直到多年后
仍是我自豪的诉说

等 待

我是一棵树
等待你残忍的风暴
我是一根草
任凭你无情的冲刷
我是一弯永不褪色的冷月
永远不惧粉身的落花
我宁愿千年的枯萎
或是深陷你的泥洼
我守候在漆黑的寒夜
执着地随你漂泊天涯

思 念

思念的声音在心中激荡
你在我的远方
假如没有距离
时间靠什么计量
你才是我唯一的渴望
我不知是感谢还是悲伤
有你的日子免了怀想
只是轮回
把你我如此置放
让我切切地将痛苦分享
你是否也一样
在睡意蒙眬的清晨
乘着旭日的方向
让阳光轻轻将思念
愈拉愈长

【 孙永慎 】

写在前锋建区三周年

理想远大，气魄豪迈，无私无畏，敢于担当；
执着追求，矢志不渝，勇于攀登，坚韧顽强；
开拓创新，克难攻坚，团结拼搏，斗志昂扬；
朝气蓬勃，热忱大方，和谐包容，胸怀坦荡。
年轻前锋，不浮不夸，感人事迹，八方传扬。
三载锤炼，铁骨柔情；岁月峥嵘，激情荡漾。
无容之地，租借闲房，吊牌一挂，扬帆起航。
没处安居，共住大屋，双层板铺，老下青上。
工作繁忙，东奔西跑，春夏秋冬，鞋破几双。
习惯盒饭，习惯日晒，习惯雨打，习惯风霜。
同甘共苦，互相勉励，互相照应，互助互帮。
上行下效，深入实际，解决问题，必到现场。
与民同乐，干群一家，场景生动，热泪盈眶。
走村串户，扶贫济困，温暖到家，送钱送粮。
危房搬迁，妥善安置，纠纷调解，日夜奔忙。
开发建设，掀起热浪，上上下下，政令畅通。

开山筑路，修房建厂，日夜兼程，风雨无挡。
抢抓机遇，招商引资，不远千里，奔走他乡。
广泛宣传，发挥优势，搭建平台，筑巢引凰。
工业园区，厂房密集，生机勃勃，产销两旺。

务工进厂，挣钱打粮，忙时种地，闲时经商。
农业园区，科学种植，品种繁多，瓜菜飘香。
观念更新，科技兴农，节资省劳，民心欢畅。
新村密布，景色靓丽；农家小院，绿荫掩房。
户通公路，车到家门，丰衣足食，喜气洋洋。
美丽前锋，日新月异，展望未来，更加辉煌。
新城蓝图，规模宏大，高楼林立，街道宽敞。
打纸岩下，新城崛起，车水马龙，物流繁忙。
城市公园，景观独特，风清气爽，鸟语花香。
大良古城，旅游仙境，传奇故事，荡气回肠。
展望前锋，前程似锦，欢迎远客，旅游经商。
美好家园，幸福生活，勇往直前，加速远航，

李天棋　李晓林

浓溪赋

美哉，毓秀浓溪。历风雨沧桑，铸灿烂辉煌。与时代同行，共日月闪亮。山水清秀如画，人民勤劳有加。生态自然，环境优雅，天地风景线，浓溪山水美。

奇哉，峻拔浓溪。依万古之丘山，傍千秋之浓水。饮清风甘泉，品湖光山色。看云卷云舒多变幻，听牛欢马啸好神怡，云雾缭绕。天宝寨、六合寨、宝篆寨、牛尾寨，寨寨相连；将军石、轿子石、象雷石、五块石、灯盏石，石石相望。浓溪水、白云湖，湖光山水映蓝天；大龙洞、角蛟洞，洞里洞外荡清泉。浓溪河畔，鱼米之乡，果蔬香甜，商贾云集，快速发展。

悠哉，沧桑浓溪。经三皇五帝，历秦汉隋唐，越宋元明清，跨时代步伐，迈新的世纪。古有关武帝驻马牛尾寨，近有邓希贤遨游浓溪河。更有诸葛亮屯田天宝寨下，建文帝避祸白云寺中。陆游翁品农家风情，抒田园乐章；杨玉枢走华銮山麓，挥革命豪情；陈博斋为民请愿，唐德军见义勇为。厚重历史，人杰地灵，十里八乡，久负盛名。

雅哉，文化浓溪。茶寮酒舍，聊趣事逸闻，弘民族之魂。檐边树下，品脆香甜柚，忆父辈艰辛。院坝纳凉，吹金色唢呐，唱风情小调，演民俗劲舞。唢呐文化乡，自然生态美。打造广安后花园，实现美好浓溪梦。彰显风流，再立新功！

希望的田野，迷人的风光。举杯邀明月，煮酒话小康。有道是，爱拼才会赢，励志朝前闯。汗水浇开幸福花，勤劳收获生态香。张开双臂绘蓝图，铸就浓溪更辉煌！

李义斌

李义斌，广安市华蓥市人。四川省诗词协会会员，广安市诗词学会会员常务理事，华蓥市诗词学会副会长。先后从事过山村教育和财政工作，现供职于广安市住房公积金管理中心。

中秋看月

父亲年轻的时候
似乎中秋的月亮
总是跟在他的后头
父亲很强壮
月亮也很刚强
月亮用他善良的秋光
俯视父亲及其弟兄们欢聚一堂
满院馨香

当父亲老了
面黄肌瘦
好像还病得不轻
中秋月似乎也已知道
圆圆的秋月
依然还来看望故乡
月光下

父兄们的影子越来越稀疏
秋夜清风
满坡菊黄
遍地桂香

又是中秋
父亲走了,很久很久了
秋月却还挂在天上
像一个孤儿
流浪、飘荡

《 李全华 》

蓑 衣

老屋的墙壁上
那件蓑衣还是老样
我仿佛看见父亲披着它
戴着斗笠
在雨中锄地插秧

无情的夏雨越下越大
老人家要去干啥？
稻秧子在呼他
李老汉
田缺口冲垮了，快来闸住吧
没水我活不了呀！

一年的收成
主要是靠它
这是庄稼人的希望
保国又饱家
雨渐渐停了
父亲那疲惫的脚步
在窗外踢踏

蓑衣上的玉珠、汗珠
似黄豆往下滴答
父亲脸上却挂满了笑容
温情地在喊
幺娃
快把蓑衣拿到墙上去挂

李天明

李天明，广安市华蓥市人，广安市诗词学会会员。

那里叫凤真院

凤真院，
那里很小，
小得连地图上都难以看见。
那里不繁华，
只有高高的山冈，
层层的梯田，
清清的河湾。
但是那里的风格外清爽，
那里的花也分外地鲜艳。
蓝天空旷，
雁叫声声悠远，
太阳升起，
竹麻桑柳喜笑欢颜。
秋来，
新米饭滋润着幸福的目光，
冬至，
围炉火煮熟了甜美的笑谈。
而今，
又是三月，
草绿花红竞相争艳。

凤真院，
你那纯净优美的歌声，
饱含着儿女们深情的眷念。
无论走到哪里，
怎能忘记，
那些甜美的从前！
那里很旧，
高楼大道在山的外那边，
那里从不奢华，
生活朴素从容而简单。
春来，
忙着播种希望，
秋到，
乐于收储五谷丰产。
那里淳朴率真的微笑，
包含着推心置腹的交谈。
啮牙咧嘴乐呵的高婆大叔，
爱怜着漂亮美丽的姑姨小满。

窘时，
相互倾力扶助，
福时，
相拥着齐声祝愿。
温暖的灯光在祝福生活，
深情的期许在赞美着明天；
无论生活多么苦累，
不论丰收多么甘甜。

凤真院，
你以神灵的目光，
照耀着儿女们幸福地向前。
你是百姓的庇佑，
儿女们永远把你拥戴祝愿！

春兰,春兰

早晨离开凤真院,
细雨斜飞迷蒙着双眼,
你斜倚在大门口,
黑发花衣扑闪着大眼,
紧咬着的红唇锁住了万语千言。
我凝望又凝望,
断然转身前去,
怀揣向你许下的诺言。
歌声一样坚定的脚步,
就为了换回一个,
让你微笑的明天。

春兰,春兰,
抱着你的梦境,
我铿锵上路,
去远方城市采掘生活的源泉。
打工的日子里,
你的笑声总是最甜,
却也是我最痛的思念。
走南闯北,我披肝沥胆,
为充实给你的那张卡片,
站在高耸的塔吊,
总能看到你明媚的双眼;
深入煤海的地底,
总能感到你的体香和温暖。
多少次梦插双翅,
飞回到你身边,

多次和你贴脸并肩,
描绘着未来的辉煌灿烂。

春兰,春兰,
你是我心中的太阳,
你是我此生力量的源泉。
有你,我的生活鲜花开遍。
而今又是春天,
回到凤真院,
阳光温暖,
鲜花烂漫,
旧屋门前的声声呼唤,
回声空旷而遥远。
大伯说等了好久你身影不现,
大妈说为了生计她外出走远,
等你哪能十年八年?

春兰,春兰,
我迷蒙着双眼,我肝肠寸断!
你在哪里,要能找到你,
我宁愿把地底凿穿!
春兰,春兰,
只要能拥有你,
我愿化牛郎魂飞九天。
春兰,春兰,
你是我今生的唯一,
何时能回到我的身边?

【 李春樑 】

走进广安希贤学校

希贤学校育希贤，抚今追昔有渊源。
沧桑岁月三百载，遐迩闻名翰林院。
清末年间办私塾，小平在此度童年。
典雅别致新校园，素质教育硕果添。
课外活动放异彩，武术健身强少年。
琴棋书画陶情操，国学朗诵咏经典。
轻歌曼舞翩翩起，动听管乐扣心弦。
英才辈出谱华章，伟人风范代代传。

小康路上

三月春风送爽，百花香。
文人墨客相邀，聚观塘。
沿途村落棋布，新洋房。
砼路四通八达，交通畅。
庭院楼阁幽雅，赛天堂。
风貌今非昔比，民颂扬。
游客纷至沓来，赏风光。
集约土地流转，有希望。
生态农业种植，树榜样。
果蔬绿色环保，益健康。
鸡鸭牛羊满圈，鱼满塘。
公仆结对帮扶，成风尚。
农民脱贫致富，奔小康。
三农政策惠民，感恩党。

李建华

李建华，又名三七客，1972年生，广安市前锋区双寨村人，现在代市镇拱桥小学校任教。

在路上

岁在甲午，正月十一，雨霁云开，天公作美。携七八少男少女，从代市出发，徒步大良城，沿途有感。

有些人，终究要被遗忘
有些事，注定要被收藏
如果煤，可以堆成海
那么灰，也可以聚成洋

有些风景，必须被忽略
因为目标，等候在前方
完成的，只是过去完成时
未完的，却是而今正在忙

有些风景，必须被定格
因为震撼，就在咱身旁
回头望，扭扭歪歪印迹依稀
可是呀，青春如水指间消亡

睫毛草，亭亭玉立望穿秋水
夜交藤，匍匐踯躅翘首以望
我，在路上
我们，在路上

李逢忠

李逢忠,男,1972年生,广安市广安区人。高级教师,广安市作家协会理事,广安市诗词学会副秘书长,广安区作家协会副主席,广安区政协诗书画院副主席、文史研究员。

一条叫作渠水的河流进我的乡音

(一)

一条叫作渠水的河,从巴山深处流淌千年,以潜水之名、篆水之义,借江之名,凭河之实,纵横八百,驰骋四方。

那些久远的往事,在薄雾霭霭的江面,于微波粼粼之中渐渐清晰。

渔歌悠远,江风习习,对月高歌的背影,孤傲而冷清。

濯水浆衣的女子,清秀依旧,明媚依旧,只是漂远的歌谣,变得模糊不清。

(二)

华蓥山的雪花,不知道趔趄了多少回,才与流淌千里的渠江,有了一次最美的牵手。

那些葱郁的树林,随风起舞。

随风起舞的,还有一些人,一些故事。

而所有的凝眸,都定格成一幅不能更改的画,恬淡,清幽,与世无争。

就如这渠江,和华蓥山,一起走过千里的路,一起度过的,万年时光。

（三）

　　记忆中的小桥，依桥而立的人家，人家门前的疏篱，疏篱中盛开的黄花，黄花上飞舞的蜂蝶，蜂蝶下追逐的小儿……

　　一页一页地翻开，这些熟悉的诗卷，却怎么也翻不到，那一页流落在乡音外的月光，那一缕拨响月光里的乡音。

　　或许，是乡音外的月光，曾经刺痛渠水鲜嫩的柔情吧，照进渠水的月光，总是那么不停地荡漾、荡漾。

　　或许，是月光里的乡音，曾经铭刻渠水澎湃的激情吧，带走渠水的乡音，总是那么固执地流淌、流淌。

（四）

　　无论高楼怎么样地疯长，渠水的影子，还是那么逶迤、绵长。

　　就算如虹的长桥，在渠水的脸上，划下一道道伤疤，可渠水，依旧是当初的那位，刚刚跨上花轿的新娘。

　　只是，桃花红了，李花白了，菜花花了，槐花香了，桂花落了，雪花飘了……

　　一首一首的歌谣，穿透时空之后。

　　华蓥山，渐渐老了。

李晓波

李晓波,男,1973年生,矿工。中国煤矿作家协会会员,四川作家协会会员。已有诗词数百首在全国各级报刊发表、获奖。

诗意的井下

轻轻触摸这些石头
仿佛触摸到历史
触摸到一些生命的骨骼
酣畅的呼吸
轻轻触摸这些石头
仿佛触摸到阳光
触摸到狩猎者　融入血脉的爱情
而此刻四周静默无声

在矿灯的注目里
怀抱朴素想法的石头
保持他们恒久的沉默
我的兄弟,发散汗水后
正笑呵呵地靠在石头上歇息
轻轻触摸这些石头,
我一无所求

既然已注定与它们厮守一生
既然,狂热的骨血已被它们同化
那么就让我做一把镐吧
就让我的生命
在这亲密接触中彻底绽放
即使燃为灰烬,化作炊烟
我也在所不惜

【 张　民 】

广安诗词芬芳迷人
——为广安市诗词学会二十年而作

难忘一九九七
在巴蜀大地
川东广安
这片火热的土地上
一株文艺新苗长出——广安诗词

于是
这里有了诗的家园
并留下二十个深深的年轮
每一个年轮
都留下了浓浓诗情

广安诗词
走过了二十个春夏秋冬
也留下了二十个难忘的记忆
每一个脚印
都印证和记录了
广安发展壮大的历史
广安诗词就像西溪流水
还有渠江的波涛声声
用诗词歌赋
书写人生

为广安发展
唱出声声赞歌
用最美的韵律展示创新

广安诗词
用凝练的语言
以最干练的方块字颂吟
广安辉煌的发展进程
为广安这片母亲的土地
纵情地放歌和抒情

广安诗词
用诗的语言点亮了
一盏明亮圣洁而华丽的灯
是广安走出的一位世纪伟人
邓小平设计的宏伟蓝图
在华夏掀起改革开放热浪滚滚
于是，广安诗词
在伟人故里的土地上
洒脱而大胆地放歌抒情

宋小平

宋小平，男，1975 年生，汉族，广安市人，供职于广安市前锋区人社局，广安市诗词学会会员，"新月派"诗歌继承者。

千里马之梦

是在寒之晨曦梦里听到
萧萧的马鸣、泪吟
宛然若远行之辙，
从驼铃声中走来
飞扬的鬣鬃散乱如箭
将用啼声之魂射落关山大漠之月
奈何仰天——饮以暗无天日之悲咽
万代沿袭的凡夫高举凌驾之鞭
千里马病入膏肓
长啸禁锢于骈槽之间
彪悍之马已瘦骨支离
唯魂之高傲，如电如炬
满唇滴着干渴殷殷之血
但誓不低头，亦绝不回头
这是一种何等浪漫的悲怆
恣意燥热的心于血之泊中洄游

我不知是否将死去
在这冷冷之晨，怀拥风霜饮泣

彻入灵性的触抚之痛
如星辰之雪纷飞
春梦正魇呵,手持金鞍的伯乐
你是在迢迢的千里之外
或是在早逝去的清晨

【 郑才举 】

新韵广安

华蓥巍峨广安新,脱颖而出焕青春。
阳光晖曜城区岚,群星璀璨霓虹升。
好戏连台歌声美,声声赞歌颂新人。
实验园区金雀唱,红火市面凤开屏。
车来车往机车累,输入输出国运兴。
牌坊院子深恩泽,思源广场鼎晶莹。
渠江碧水卷澜涛,新浪泊岸涌潮声。
新绘蓝图十三五,抱团携手同步行。
迈步小康向心力,脱贫攻坚无古今。
步入高端是人为,改革硕果大家分。

杜 薪

杜薪，男，1988年生，乐山市人。广安市作家协会会员，广安市诗词学会理事。现供职于广安市广安区委宣传部。

四处流放

微笑的勋章
在世界的神话里
有没有主宰微笑的神
把微笑当作勋章
奖给那些无助、善良、温暖
以及真正相爱的人们
用自由构图
用彩虹着色
用努力与忠诚佩戴
把微笑当作勋章
把爱作为信仰之神

一季人生

自己挖了个坑,种了一架葫芦
是儒家的福禄,是道家的糊涂
管它是什么,总是一季活物
管它怎么活,就算一程命途

宝贝葫芦,被贪婪者摘去食之
连籽都不吐,还说不出味道何如
我种它,何尝是强求甜苦
无为地种着,自然地长着
一季人生,一架葫芦

【 汪 宁 】

菩 提

清晨一本书
一支笔
一张纸
一颗心出发
一个行走在心灵大地上的小孩
太阳的金色璀璨了他的双眼,
他的眼里只有一棵树
想象树下的身影定格在星空中
树花不起眼清香在寂寞的角落
树叶微风下翻转飒飒飘落悲悯的眼神
蝉鸣是夏天的语言塞满清凉的空间
竹笋爆裂的声音清脆了空旷的树林
树梢的彩霞更耀眼了
脚已微麻哪一个是我
蚂蚁攀爬像佛祖慈爱轻挥
穿过自己编织的影子
眼神的翅膀尽力伸向思维的尽头
用慧剑破开虚空
红日当空清晰了所有的念想
是时候回去了带着那颗善良的心

【 陈 宇 】

陈宇,1971 年生,笔名蜀东泊客,广安市武胜县金牛镇人,行吟诗人。四川省作家协会会员,广安市诗词学会会员,广安市文艺评论家协会、武胜县评论家协会会员。

小城一角

巨大的穹罩下来
地球以日行八万里的速度挣扎
峻嶒林立的楼角
让天空破败不堪

楼底孩子们的喧闹
时而掩过墙上嘀嗒的秒针
更多的是
混迹于旁边小厂碎玻璃的声音
那些前仆后继的过时生命
陷入在滚滚红尘

突然响起摩托发动的声音
这又成为一个疑问
它是在追逐
还是在逃避自身

苦　楝

自生以来
苦楝的根就在
苦苦延伸
为了苍白的小花绽放
为了苦涩的小果长成
苦楝
耗尽了结实身躯
松散的骨架
让所有木匠师傅不敢远迎

多少年过去
那些苦涩的小果早已走远
苦楝仍枯守着一片瘠贫
一阵微风吹过
她就摇晃不停
——望着那条回归的小路
不忍倒下的身躯
苦楝，却总是无声……

杨 咏

杨咏，笔名轻舞飞扬，女，小学高级教师，广安市骨干教师。四川省诗词协会、广安市作家协会会员，华蓥市书法家协会会员，华蓥市教育协会秘书长。

梦幻青海

轻舞飞扬的青海湖
你，从天际而来
简洁，
高远与那苍茫的青色
一同出现的还有沉稳雄壮的山
千年的碧水伴长风缱绻
翱翔的飞鸟
深情地呼唤
欢跃的小艇里
全是耳朵的盛宴
茶卡盐湖
一面魔镜
从天空飘落
坠入茶卡
散进梦里
慢悠悠的小火车
载着理想
连同白云、远山

以及五彩的人影
吸于镜里
银光闪闪的铁路
欢跃着
奔向湖心
通向
澄澈的灵魂

荷　韵

阳光醉了晨曦，
馨香溢满心底。
漫步湖畔，
望远山翠绿；
匿于柳荫，赏蝶儿翩舞，
花酿清香，心旌荡漾，
凝眸浅笑，将流年经卷，
折叠为一壁诗意。
静立一隅，任欣赏温润眼眸，
就这样默默地、默默地
默默地凝视你
喜欢你拥抱阳光时娇羞的脸庞；
喜欢你醉语清风时温柔的模样；
喜欢你嬉戏鱼儿时嫣然的笑意；
你注视湖水时深情的目光
炯炯闪亮、纤尘不染，
虽出身污浊淤泥，
却能高雅圣洁。
你亭亭净植，
任世界姹紫嫣红，
也能一脉独香……
我想，剪一段素白时光，
将脚步的轻盈，书写成淡淡墨香。
我愿，让玉立的清莲，
婉约成一世倾心，
让温暖穿越菩提，
照亮相念的期许。

杨云峰

杨云峰，广安市广安区人，广安区人民法院监察室干部。作品见诸"中国作家网"、《川东周末》等多家媒体。

肖溪古镇

宛如风韵犹存的媚娘
挺起起伏肥腴的胸膛
伸出赤裸有力的臂膀
把一张千年的名片高扬

青石板铺成的悠长小巷
有先辈遗落的脚步铿锵
把房梁上的铜铃喑喑震响
旋起的缕缕民风轻拂脸庞

房檐掀起歇山式的波浪
与时光一同涌动流淌
犹如雄鹰般展翅飞翔
定格成错落有致的雕像

门庭透出淡淡的古香
蒲扇摇出岁月的沧桑
透过雕花的木纹格窗
仍见远去时空的太阳

兜售过去和现代的货郎
任凭大街小巷人来人往
正细细盘点一本流年旧账
转眼便盈余一生快乐时光

斗转星移汇聚的力量
谱写成世外桃源的乐章
走进古镇让心灵涤荡
走出古镇便不再彷徨

广安白塔

虽然没有风铃悬挂
虽然不能引起世人的惊诧
却在人们的心中
依旧保持着远古的风雅

不去攀比秦砖汉瓦
不去角逐宫阙宇厦
在人们的眼中
依旧是独树一帜的奇葩

任凭风吹雨打
任凭岁月洗礼冲刷
在神州大地上
仍旧悄无声息地接纳
历经千年冬夏
历经人间凄苦和繁华
在天地之间
依旧尊严地巍峨挺拔

《 姚陟雄 》

谒小平故居

有说三起三落
有说三落三起
人生小道坎坷曲折
而您还是总设计师
您终是一面旗帜
来到您的故里
过通衢大道
看游人如织
您可知道
您出生的地方已成 5A 景区
饮水思源
老百姓传唱着春天的故事
人们怀念人民的儿子
您的功绩已彪炳史册
您的故居将来者激励
您是一个大孝子啊
因您我们才认识您的父老乡亲
您走过千山万水
树高千尺不离根
这是一片丰腴的土地

胡贤翼

万春桥赋

　　知否，知否，天涯有细流。走崇山，绕峻岭，一路欢歌稠。走过冬和夏，走进春与秋。孕右山万春，花烂漫；育左岭清风，秋熟透。万物滋乳人吮蜜，洪流获名蒙溪酬。

　　莽莽石山横断路，汤汤流水战不休。感天公，轰然山摧崖百丈；谢蒙溪，撒开银瀑悦万眸。绿柔，银壮，难尽收。

　　广阔遗坝化长滩，满滩清流浪花蹈。万花汇瀑直飞下，两岸相望不相交。不知何年长虹降，两端雄狮迎客笑。石阶送人喜登台，两侧凭栏任逍遥。不知谁挥似椽笔，银钩铁画万春桥。山岭虹桥匆匆客，万春着人意如涛。几度沧桑情不改，几经人患心似燎。扶栏残缺字虽在，忍看百姓受煎熬。

　　儿时小平多此游，嗅罢花香浪里浮。数尽石阶临桥面，频问万春路人羞。骇听担夫古道怨，众皆叹惋独泪流。目击银瀑纷纷雪，喜听惊雷声声吼。古道虹桥渠河畔，少年木舟远西欧。

　　夜色茫茫，古道幽幽。双目明明，脚步柔柔。巾帼英姿，影似猿猱。腰插双枪，悄然桥头。密晤同志，起义寰州。壮志未酬身先死，留取丹心照千秋。

　　万春桥上读春秋。天地改，新九州。追梦切，惊宇宙。扶摇直上三千丈，华夏攀登世界讴。遥望天阙小平公，故里拜谒满桥头。

　　万春桥，姿色佼，开慧临，花如潮。

胡祥金

胡祥金，1954 年生，广安市护安中学退休教师，广安市诗词学会会员。

珠穆女神

苍茫的天地间，
静立一尊女神。
银装素裹，亮润晶莹，
清冷孤傲，凄美绝伦。
丰腴的玉体，
坦泻如诗如画的雅韵。

千仞冰壁，
镶嵌梳妆宝镜。
万道冰瀑，
缀满挂饰佩铃。
冰隙斗折交错，
数不尽风情纵横。
雪崩的此消彼长，
扑不灭天地梵音。
寒剑指天，
拦断鸿踪雁影。
冰槽隐龙，
吞尽喧嚣红尘。
碧涓轻滴，幻化天籁清纯。

冰峰雪谷,
秘置无数陷阱。
纤葱玉手,
掐灭了愚妄人的侥幸。
金字塔巅的珠光,
染红多少满怀企图的眼睛。
猎险撰写悲壮,
有几颗晨星挂于峰顶?
风雪来去,
你挽留了不归者的亡魂。
散乱的不败鲜艳,
是你用旗帜精心栽植的风景。

天太蓝,
抓一把撒赐众生。
云太近,摘一朵作为留赠。
鹰叼雾墙来,
万斗珍珠自天倾。
离天最近的邮筒,
拾一片纯净寄给远亲;
海拔最高的寺庙,
存一份祈祷留佑友人。

万山之祖,雪峰之魂,
拥清流不问繁华,
冠天下永持淡定。
超然物外,坚守本真。
高山仰止,
一曲浅唱低吟。
珠穆朗玛,
伟大的西域女神。

钟先茂

小平故里行

风入松,
神州大地舞东风,
寒去正春浓。
伟人故里山河美,
朝阳沐,
万里晴空,
柳拂烟霞渠水,
莺歌燕舞帘龙。

乡村公路绕芳丛,
楼建遍村雄。
三农减负人人赞,
普天下,
棉油粮丰。
携手共奔小康,
党恩永记心中。

【 高其上 】

白坪的春天

春天来到人间,
大地春意盎然。
白坪春天最美,
叫人流连忘返。
桃李梨花争艳,
菜花金黄一片。
到处莺歌燕舞,
小溪流水潺潺。
育苗大棚数千,
整齐排列田间。
棚内菜苗葱绿,
棚外人忙正欢。
张家李家大院,
温馨农家乐园。
喜迎八方宾客,
歌声笑声不断。
相约白坪春天,
拥抱美丽自然。
感受乡村情怀,
惊叹祖国巨变。

唐小辉

唐小辉，男，广安市广安区人。东方小学教师，广安市音乐舞蹈家协会副秘书长，广安市诗词学会会员，广安区作家协会会员。

端午的月光

掬一捧端午皎洁的月光，
再焚上一炷淡淡的清香，
且向遥远的郢都回望。
谁在月下独酌，谁在黯然神伤，
谁的头颅像骊珠般灿烂在城墙。
婵娟，冰清的女子呵！君可曾看见，
雷电的虬须爬满了我的心房。

借一缕端午深邃的月光，
点燃一盏如豆的油灯，
且把千年的暗夜照亮。
谁的万千子民，谁的荆楚大地，
谁的大笑恶魔般束缚着我的力量。
婵娟，勇敢的女子呵，
君可曾听见，
龙泉剑在宝匣中凄厉激荡。

斟一杯端午沉重的月光，
问天地兮何苍茫，

颂橘之幽远兮歌离骚,
仰山之云霓兮赴国殇。
婵娟,芬芳的女子呵,
君可曾遇见,那起于高贵
累历九世的忠良。

【 唐　铭 】

　　唐铭，1954年生，广安市岳池县人，四川省作家协会会员，广安市作家协会、广安市诗词学会会员，广安区作家协会会员。

桂兴之旅

桂花场

　　渠江东岸，华蓥山麓。桂兴这个古老的场镇，占了华蓥山几面大坡。一群高低迤逦的山头，如龟蛇在云海里游走。从巴山上吹来的风，荡开春的涟漪，山清水秀，碧蓝如洗。盛开的油菜花如二人转的手绢，旋舞着农家的喜庆。
　　阳雀飞过，撒一路"拐桂阳"的丝路花语，同行的大姐说，好多年没听到这银铃般的叫声了。
　　仿佛那清幽的石板街道，刻录着林林总总的货物和生意。
　　仿佛那竹篓般的大小市场，演绎着诚挚的交易和善良。然而这些令人遐想的美好回忆，被繁华的工业文明吞噬殆尽。
　　桂兴是以桂闻名的，听说很久以前，这里有成片的桂花树，四时八节都飘着桂的香气，浓郁甘洌。后来滥采滥伐，大炼钢铁，开矿建厂，生产水泥，再看不到桂的婆娑，嗅不到桂的甜香了。
　　没有桂花的日子，自酿的苞谷酒丢失了提神攒劲的醇香。
　　没有桂香的日子，吊脚楼的龙门阵失去了月光下的悬念和韵味。
　　阴霾让人忧郁，谁不期盼桂花的清香呢？桂花仙子，你早日归来吧!

　　桂花飘香的时节终会到来,那时候人们会蜂拥而至,赶一趟热闹得像蜂巢般的桂花场。

村子是栋楼

　　桂花村有栋楼叫村子,我怀疑文保单位是否犯了语病。楼的主人是位小姑娘,她说没错,爷爷的爷爷都是这么叫的。那时候土匪毛贼多如蝗虫,他们就修了这栋楼,可能全村的很多人,都到这里躲过匪患,逃过兵灾吧!

　　它是一座土楼,三楼一底,全由黄土夯筑而成。几十年风雨,依然硬朗挺立,像一位百岁老人。斑驳的外墙有些脱落,显出岁月的沧桑。听说筑楼时渗入了糯米浆和石灰粉,万里长城也采用了这种工艺,客家的土楼也如此么?尽管形式规格不一样,它们都有同样的灵魂和脊梁。

　　与村子并列的是一栋白墙黄顶的小洋楼,在湛蓝的天宇下默默相望。老旧的更显古朴,新建的更显稚雅。追怀和希望都同样珍贵。也许有一天稚雅的老了,古朴的还依然硬朗。

七间房

　　海拔900米,从山脚望山顶,郁郁葱葱,看不见城郭和瓦脊。七间屋,这土味通俗的名字,透着诗意。

　　它是一个村子,一个院子,一座城堡,还是一座庙宇?我怀着朝圣的虔诚,将衣服披在肩上,努力地爬山,去谒拜七间名屋。

　　这里也有过寨门,几丛乱石七零八落,其中一块断石上有个苍遒的"砦"字。文化学者邱秋考证,它是"寨"的异体字。七间屋坐落山顶的陡崖上,是连环贯通的一串石洞窟,有客厅有卧房有正室有偏房有贮藏间有灶房,一应俱全,环环相扣。水缸粮仓,连搁灯盏的壁龛也有,处处闪现着巴国古人或宕渠賨族的超人智慧。

西与北的两处角点,隐藏着内宽外窄的牒孔,箭弩和火枪交织成冷热火力。退而防守,进而攻击,一夫当关,万夫莫开。

在这千年石窟中,进行过多少杀戮和谈判呢?阴谋退居内室,阴谋在洞口晾晒。古往今来,战争都是不可理喻的灾难。

七间房的城堡里,有刁钻的齿痕,天然岩壑与人工雕凿浑然一体,熠熠生辉。灵与肉悱恻连绵,情与爱生死相随,繁衍生息。洞壁上的烟墨气息,刻写着人世间的凄凉和繁荣。

初谒七间屋,我感到有些失望,而离开它时,又得到些意外收获。如果它是一座普通石窟,一定上演过土匪与山民拉锯的争战。如果它是一座洞府,也一定蕴藏着神仙与鬼怪的动人传说。

【 顾 全 】

顾全,男,生于 1966 年 2 月,广安市前锋区人,广安市前锋区得胜小学校副校长,高级教师,广安市诗词学会会员。

秋 霞

晚秋的风,时而温柔时而躁动
撩动着案桌上的一张张宣纸
不经意间将墨汁掀泼
浓墨重彩地描绘出了秋的写意
扰乱了斗室写秋的灵感
沐浴着秋风的凉爽踟躅出行
思绪凝聚眉头,凉爽了秋的心扉
静静伫立山头眺望
天边的晚霞追随着回家的太阳
羞红的双颊似半老徐娘般妩媚
万里江山在秋的色彩里
撒欢跳跃,融入晚霞凝重的暮色中
去寻觅秋的梦魇
秋,本就似一页页彩纸
是谁,在其间

任意播撒着浓情蜜意的种子
——春风细雨

是谁，在秋的绿叶下
恣意裸露着丰硕着的身躯
——春夏之果
是谁，在秋的簌簌红叶里
亲密呢喃缠绵
——一对新人在收获爱情

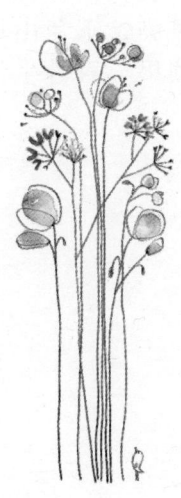

郑修光

郑修光，男，1936 年生，广安市广安区观阁粮站退休干部，广安市诗词学会会员。

广安一片新面貌

富饶美丽金广安，伟人故乡美名传。
革命英烈何处有，埋骨巍巍华蓥山。
渠江两岸电灯闪，白云湖水流周边。
城镇街道路宽敞，来往车辆保安全。
闹市风景多靓丽，电梯楼房耸云天。
穷乡僻壤改旧貌，山村处处换新颜。
神龙古堡春风染，玉兔山下淌清泉。
开放改革结硕果，百姓生活似蜜甜。

陶代伦

一起飞

他和她相遇
在万紫千红的微笑里
花,点亮了日子
枝,奏响了岁月

他和她沉醉
他的影子想飞
有一天,终于长出了翅膀
所有的羽毛
指向南方
惊涛,骇浪
晴天,霹雳
一道电光,让他的翅膀
直往下坠

她,吃力地伸出
生锈千年的情话
帮他长出新芽

她决定和他一起飞
从此,一道美丽的弧线
在风中,在雨里
延伸,延伸

曾配兵

曾配兵,男,中共党员,广安市华蓥中学教师。酷爱词曲创作和诗歌写作,广安市作家协会会员,广安市诗词学会会员。

静待花开

灵魂出窍
在天地间飞舞
忘却了时间
归宿难觅
地冻
天寒
星移
斗转
生灵
万物
呔吸
纳蕊吐新
躁动
历练平淡心境
淡若心止
云开雾散
沏一杯春意的暖茶
吸一口南来的风
陶醉在写意的诗行里
田野间那株野草
在等待停留的脚步

【 舒　毅 】

释放万缕暗香

假如你还记得我的模样
我将奔跑成云霞
轻轻地飘向　你醉美的梦乡
假如爱末央
你便是轻描淡写的
美丽山疆推开晓雾的前窗
我会专注陪你梳妆
假如你真的忘却过往
就当是黄昏掀起的海浪
卷走岁月的无尽沧桑
假如划过天际的流光
赐我一个愿望
我将渴望
在童话编织的天堂
回送我一束玫瑰花香

【 舒 华 】

雨 巷

三月
软雨陪伴着桃花绽放呵
漫山遍野的绽放
啊,漫山遍野的绽放
漫山遍野的凝香
凝香着三月
凝香着村庄
也凝香着村口那半截
古老的灰色的雨巷
古老的灰色雨巷
走来一位擎着像她
母亲一样的油纸伞的姑娘
可爱的姑娘,你美,美——
这尘世的软雨,这三月的芬芳
还有你母亲曾经走过的雨巷

【 彭俐辉 】

彭俐辉,广安日报社编辑。

那些事（组诗）

在异乡写诗

一首诗没有写完
另一首诗又开始了
举笔不定的人
常常不知是说风土
还是说人情好

我以前写过的月光
现在不再写了
要写也只写异乡的门
地方主义的门

写不下去的诗
可以作废
但敲不开大门
还得使劲　持之以恒
一手拿矛　一手持盾

路过秋天

白日也有闪电
陌生还会停下
我看了就忘的天空
一波云他乡来
一波云他乡去
大地呈现回忆
黄金只是表象
我想起的人
都在异乡含辛茹苦
不知他们的秋天
是不是也这样
不听使唤

小河弯弯

小河弯弯
有的顺势
有的造反
元月的流水
一开始就模棱两可

年初和年尾都是动身的日子
小河弯弯
弯了山上弯山下
陆路不通就走水路
多少年都这样了
人没记住几个
急流和险滩
倒是见过不少

梁晓华

梁晓华，1970 年生，笔名天马长嘶，重庆市合川区人。四川省文艺评论家协会会员，四川省作家协会会员，广安市文艺评论家协会副秘书长，武胜县文艺评论家协会副主席。

几千年走不出的两座山

两座山　让新生的炊烟
也无比古老
先祖爬过这轮廓
爷爷爬过这沧桑
父亲爬过这寂寞
小时候的我
在山上割草
放牛　看日落
这里的每一位女人
都有两座山
山乡的男人爬上去
在平凡岁月里
种上两颗小红日
最美的小太阳啊永不落
从此不怕日子云上飞

古老山乡的两座山
全天下最美的风景

听——小瀑布上
斜斜的月光诗行银亮地响
祖祖辈辈
迷恋这两座山
几千年了
走不出这两座山

唐代富

小平故乡诗歌海洋

广安的天是诗歌的天，
广安的地是诗歌的地，
广安的书是诗歌的书，
广安的人是诗歌的人。
只因诗词学会搭平台，
万众歌颂伟人邓小平。

千言万语说不完，
千诗万歌颂不尽，
永远感恩歌颂——
世纪伟人邓小平，
故乡的诗歌海洋永奔腾！

《 蒋建明 》

蒋建明，1963 年生，广安市广安区人，广安市作家协会、诗词学会会员，广安区政协文史研究员。

广安诗词学会二十周年

二十年前，
我来到这里，
广交诗友相聚诗堂，
诗词歌赋，
老有所乐；
采风途中，
开心快乐。
过去时光，
历历在目。研讨平仄，
情真意切，诗词之家，
温馨高雅，诗词进校园。
今天，
在这纪念日子，
我从心底说道，广安诗词，
与你共成长，
是我今生永远的快乐。

【 蒋慕鸿 】

盛名广安

那时,我站在渠水之滨,
聆听江面悠远的涛声。
那时,我看见洪州街头,
遥看千里沃野腾飞之梦。

啊!河水汤汤,
古树参天,阡陌纵横的田畴,
花开花落都是人间葱绿的情怀。

啊!静静回望,
思绪悠悠,但见微雨的黄昏,
让奔驰的目光直抵寰宇苍穹。

啊!广安,
富庶之地,人杰地灵,
世纪伟人故里,
曾养育了多少英雄豪杰?

啊!广安,
携渠江之清流,
孕育了美,
也孕育了睿智和情怀。

【 程 华 】

程华，广安市广安区人，广安区宣传部原副部长，广安区文明办主任，广安区作家协会副主席，广安市诗词学会副会长。

建筑工人的礼赞

一座座铁塔高耸云端，
一幢幢高楼直插蓝天，
一道道桥梁把山水相连，
一条条大道向前伸延。
啊，祖国的面貌日新月异，
壮丽的山河是我们装点。
我们是勤劳智慧的建筑工人，
我们的名字叫中建，中建！
一顶顶铝盔银光闪闪，
一件件工装浸透热汗，
一双双大手长满老茧。
一张张脸庞露出笑颜。
啊，我们风餐露宿走遍天涯，
我们夜以继日艰苦奋战，
城乡新貌是我们的杰作，
我们的使命是奉献，奉献！

一桩桩往事眼前浮现，
一页页业绩辉煌灿烂，
一个个员工豪情倍添，
一首首赞歌响彻云天。
啊，我们是新时代的建筑工人，
伟大的中国梦我们来实现。
用青春和热血建设祖国，
满怀激情把建筑工人礼赞，礼赞！

雷先锋

雷先锋,男,1964年生,广安市广安区人。广安市广罗小学高级教师,广安市诗词学会会员,广安区作家协会秘书长,广安区政协诗书画院副秘书长,广安区政协文史研究员。

广场偶感

(一)

人群
变着法子集结
耗费积攒了一年的笑容
拥堵在广场的每个旮旯角落

(二)

灯笼
红着一张脸
虚空着丰满的胸膛
在春风里唱着一首又一首颂歌

(三)

电梯
深情地注视着两旁石阶上下的行人
气喘如雷也不曾将其唤醒
只因为自己要用一生的时光等待
那个不曾相识的意中人

（四）
孔明灯
用激情掏空所有的冷静
让自己在幽幽的夜空中升腾
究竟飘向何处
寻不到世人的目光

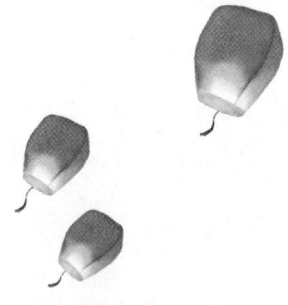

戴齐伶

戴齐伶，男，1974 年生，广安市广安区人。广安市苏溪小学办公室主任，广安市作家协会会员，广安市诗词学会会员，广安区作家协会会员，广安区政协诗书画院会员、文史研究员。

巴山岩的风

看得出来，天空蓝得很努力了
可是盛夏的门还没全部打开
阳光要做直爽的旅行
乡野高兴了，绿色的舞蹈从低处开始

巴山岩有风走来
黄葛兰和狗相处和睦
清香的行动，仿佛狗耳朵之外的流浪
遥远得无声无息
客人与茶的对话
从顶楼阳台飘落
细腻绵长，缠绕得一树青桃

等着脸红，是酒把文友们嗓门弄响了
狗气愤不已，狂乱地吼断了几首歌曲
主人一脸要下暴雨的样子
立即甩出几句狗认识的训斥

歌唱的声音突然纯粹了
巴山岩的风停留在那方鱼塘上
一些云征服了午后的阳光
几滴雨吻过水面
有鱼儿跃在空中衔一缕风
咀嚼盛夏的味道

钟明全

钟明全，1963 年生，四川省作家协会会员，已出版诗集 6 部。

在阳光的下午骑着车

久的秋雨
淋湿了路
淋湿了
欢悦的心绪

阳光的下午
我骑着单车
沿着西溪畔
去往
妻的病室

那个黑色的夜晚
你被夜魔捆住了手足
自此
太阳隐没
雨水长流

足足半个月的时光
即使有太阳辉耀

也如阴雨密布
更何况秋雨
绵延的愁

骑着单车的时候
车篓里的饭盒也在唱歌
它们懂得
我心
回暖
天空
已无风雨
妻已日渐康复

在秋阳重现的时候
我只有欢欣
再不
闷愁

【 游义香 】

写给文字

你,就是我的情人
我,将一世的缠绵许尽
深情地将你捧在手心
融进我全部的灵魂

与你相遇的第一个眼神
就已注定
我将为你燃尽激情
爱你,便成了我今生的使命

心系纯真,身着罗裙
迎一水清盈
只为轻轻地将你唤醒
携我一起踏歌而行

我洗尽铅华
把酒问灯
只为与你午夜谈心
嘘!你看,窗外有流星

【 戴邦元 】

乡村的早晨

宁静酣睡的村庄
开始响起从北京传来的声音
农舍的上空
飘浮着从生活的炉膛升起的炊烟
宽阔的柏油路上
奔驰着从四面八方驶来的车辆

绿草青青的田埂上
徜徉着从梦中走来的牧童和牛羊
广袤无垠的田野
朦胧着一团团甜蜜的梦想

一簇簇鲜艳的红领巾
跳跃着奔向知识的殿堂
报晓的雄鸡
啼唱着农家激昂的歌谣
东方的晨曦
孕育着一个红彤彤的希望

杜梦林

杜梦林,女,46岁,广安市人,党员,广安市扶贫和移民工作局干部,广安市诗词学会会员。

山乡琴音

轻轻的
是小溪涓涓不停的细语
柔柔的
是峡谷冉冉升腾的晨曦
暖暖的
是春风送来油菜花的香气
静静的
是空气里弥漫不见的叹息
紧紧的
是触摸过青春和梦幻的手不愿放弃
涩涩的
是青睐过荣誉和喜悦的泪留有痕迹
匆匆的
是岁月的指尖穿过时光的缝隙
重重的
是春雷的轰鸣唤醒大地的生机
傻傻的
是听见你渐渐苍郁
我在百花丛中老去

为你写诗

为你写诗
要用最平常的句子
因为你在我心里
是如此熟悉的样子

为你写诗
找不到合适的句子
因为你的美
所有的形容词都不合适

为你写诗
成了我着魔的心事
寻遍古今中外最动人的字词
吟唱一生一世

为你写诗
让思念在静夜飞上月桂的枝
随风芳香你的屋子
轻轻呢喃你最美的名字

为你写诗
是我一生都愿意的事
把歌声献给有爱的日子
别笑话那唱歌的人最痴

十四行诗

金色的迎春花
含着露珠
闪耀在金色的晨曦
山谷间的轻雾
薄薄地蔓延
蔓延成一个天际
那是你眼睛里的柔情
昨夜的吻
肖邦的小夜曲
缠绕着她的肢体
五彩的嫩芽颤抖着
抖落了晶莹闪光的露珠
像是新娘子
抖落了清澈的泪滴

睡莲絮语

池塘如镜
映出一片蓝天
白云掠过雁无痕
花叶无语
琴台无声
容我在这池的中心

枕着碧波梦一段
浪漫

池塘如锁
锁不住娇艳
藏不了婉转
如果
你的到来惊醒了我
请隔着远远的堤岸
惊叹

池塘如砚
研磨着万语千言
描那锁不住的娇艳
写那无尽的婉转
就这样
一分钟也是一万年
缠绵

池塘如禅
红尘相聚只为缘
当你已经走远
我才读懂
池水深深
而小路弯弯
心底陡然浮起
思念

跋

  光阴似箭，岁月如歌。广安市诗词学会成立，转眼已二十年。应全体会员和广大诗友的要求和建议，理事会决定编辑出版这部诗集，以此回顾学会二十年来的艰辛历程和文化硕果，同时给大家搭建相互学习和鉴赏的平台。

  二十年华章倍出，二十年硕果累累。我们收到了来自全体会员和诗友的大量稿件，体裁各异、选题广泛、内容丰富、文笔精湛，可谓规模空前。这些作品不仅显露了诗词学会二十年来精心辅导的成果，更是谱写了《广安诗词》二十年的华丽锦篇。本书在编辑过程中，得到了各级领导和理事会，特别是成轩老会长的高度重视。为此，编者由衷地表示感谢！

  本辑诗友们投稿数量之多少、质量之优劣、篇幅之长短、时间之先后，均有所差异。加之受本辑篇幅和出版时间所限，故每位投稿者被采用的稿件数参差不齐，甚至可能有张冠李戴之误。如您发现谬误，请与编辑部联系，以便在下辑更正。还望见谅海涵。

  由于编者才疏学浅，首涉组稿，班门弄斧，拙笔颇多，唯恐有的稿件审改后背离作者本意，或逊色于原稿，在此致歉！希望诸位良师益友理解、支持和帮助，让编者组稿编纂水平不断提高，足以展现广安诗友的精湛文采、诗词功底、韵律魅力和艺术水平，使《广安诗词》越办越好，攀峰登巅，走向未来，走向世界！

编　者

二〇一七年十月